Annie Ernaux wurde 1941 in der Normandie geboren. Nach Studium und Heirat lebte sie mit ihrem Mann und ihren Söhnen viele Jahre in Annecy. Heute arbeitet sie als Französisch-Lehrerin in Paris. Ihr Roman ›Das bessere Leben‹ (Bd. 9249) wurde mit dem Prix Renaudot ausgezeichnet. Ihr Bestsellererfolg ›Eine vollkommene Leidenschaft‹ (Bd. 11523) erschien 1992 im Fischer Taschenbuch Verlag.

Das Leben einer Frau. In der ihr eigenen Kürze, Prägnanz und Unsentimentalität hat Annie Ernaux ihrer Mutter ein literarisches Denkmal gesetzt: Die Schilderung eines Schicksals, das beispielhaft ist für eine ganze Generation von Frauen.

Annie Ernaux' Mutter starb am 7. April 1986. Dies war auch das Ende einer mehrjährigen Krankheit (Alzheimer), die allmählich das Gedächtnis und damit die geistige Persönlichkeit zerstörte.

Aber dies ist kein Buch über das Älterwerden, sondern über das *Leben* dieser Frau. Sie stammte aus ganz einfachen Verhältnissen und hat sich gemeinsam mit ihrem Mann zur Laden- und Cafébesitzerin hochgearbeitet. Klar erkennt sie den Wert der »Bildung« und setzt ihre ganze rastlose Energie daran, der Tochter eine »höhere« Ausbildung zu ermöglichen.

Auch die Schattenseiten dieses Lebens werden nicht ausgespart: Es ist weniger die anfängliche Armut als vielmehr die zunehmende Orientierungslosigkeit in einer sich stark wandelnden Gesellschaft nach dem Zweiten Weltkrieg, nach dem Tod des Ehemannes, nach der Heirat der Tochter, als diese mit Mann, Kind und Karriere viel zu beschäftigt ist, um sich um die immer stärker vereinsamende Mutter zu kümmern.

Annie Ernaux

Das
Leben
einer Frau

Aus dem Französischen von
Regina Maria Hartig

Fischer Taschenbuch Verlag

Deutsche Erstausgabe
Veröffentlicht im Fischer Taschenbuch Verlag GmbH
Frankfurt am Main, Oktober 1993

Die französische Originalausgabe erschien unter dem Titel
›Une femme‹ bei Éditions Gallimard, 1987
Copyright © Éditions Gallimard, Paris 1987
© Fischer Taschenbuch Verlag GmbH, Frankfurt am Main 1993
Umschlaggestaltung: Friederike Simmel, Frankfurt am Main
Gesamtherstellung: Clausen & Bosse, Leck
Printed in Germany
ISBN 3-596-11644-9

Gedruckt auf chlor- und säurefreiem Papier

Wenn man sagt, daß der
Widerspruch nicht denkbar sei,
so ist er vielmehr
im Schmerz des Lebendigen
sogar eine wirkliche Existenz.

Hegel

Meine Mutter ist am Montag, dem 7. April, im Altersheim des Krankenhauses von Pontoise gestorben. Dort hatte ich sie vor zwei Jahren untergebracht. Der Krankenpfleger teilte mir am Telefon mit: »Ihre Mutter ist heute morgen nach ihrem Frühstück verschieden.« Das war ungefähr gegen zehn Uhr.

Zum ersten Mal war die Tür zu ihrem Zimmer verschlossen. Man hatte sie schon gewaschen, eine unter ihrem Kinn entlangführende Binde aus weißem Stoff verhüllte ihren Kopf und ließ nur noch das Gesicht frei. Ein Laken war bis zu den Schultern hochgezogen, ihre Hände darunter verborgen. Sie ähnelte einer kleinen Mumie. An jeder Seite des Bettes waren noch Gitter angebracht. Sie hatten verhindern sollen, daß sie aufstand. Ich wollte ihr das weiße, mit Zakkenlitze gesäumte Nachthemd überstreifen, das sie sich einst für ihre Beerdigung gekauft hatte. Der Krankenpfleger sagte mir, daß eine Frau der Abteilung sich darum kümmern werde, sie werde auch das Kruzifix, das sich in der Schublade des Nachttischs befand, auf sie legen. Daran fehlten die beiden Nägel, mit denen die kupfernen Arme auf dem Kreuz befestigt waren. Der Krankenpfleger war sich nicht sicher, ob er welche finden würde. Das war unwichtig, ich wünschte, daß sie trotzdem ihr Kruzifix bekommen sollte. Auf dem Rollwagen stand der Strauß Forsythien, den ich ihr am Vorabend gebracht hatte. Der Pfleger riet mir, sogleich zur Verwaltung des Krankenhauses zu gehen. In der Zwischenzeit würde man eine Liste der persönlichen Gegenstände meiner Mutter erstellen. Sie besaß fast nichts mehr, ein Kostüm, blaue Sommerschuhe, einen elektrischen Rasierapparat. Eine Frau begann zu schreien, seit Monaten dieselbe. Es wollte mir nicht in den Kopf, daß sie noch lebte, während meine Mutter tot war.

In der Verwaltung fragte mich eine junge Frau, in welcher Angelegenheit ich käme. »Meine Mutter ist heute morgen verstorben.« – »Im Krankenhaus oder in der Dauerpflege? Wie ist der Name?« Sie blickte auf ein Blatt und lächelte ein wenig, sie war bereits informiert. Sie holte die Akte über meine Mutter, stellte mir einige Fragen über sie, ihren Geburtsort, ihre letzte Adresse vor der Aufnahme in die Pflegeabteilung. Diese Informationen mußten eigentlich in der Akte stehen.

Im Zimmer meiner Mutter hatte man einen Plastikbeutel mit ihren Sachen auf dem Nachttisch bereitgelegt. Der Krankenpfleger hielt mir die Liste zum Unterschreiben hin. Ich verspürte nicht mehr den Wunsch, die Kleidungsstücke und Dinge mitzunehmen, die sie dort besessen hatte, mit Ausnahme einer kleinen Statue, die sie vor langer Zeit auf einer Wallfahrt zur heiligen Theresia von Lisieux in der Normandie in Begleitung meines Vaters gekauft hatte, und eines kleinen Savoyer Schornsteinfegers, ein Souvenir aus Annecy. Da ich schnell gekommen war, konnte man meine Mutter nun in die Leichenhalle des Krankenhauses überführen, ohne abzuwarten, bis die vorgeschriebenen zwei Stunden verstrichen waren, die der Körper nach dem Ableben in der Abteilung verbleiben muß. Als ich ging, sah ich in dem verglasten Personalbüro die Dame, die mit meiner Mutter das Zimmer geteilt hatte. Sie saß mit ihrer Handtasche da, man vertröstete sie, bis

meine Mutter in die Leichenhalle transportiert
war.

Mein Exmann begleitete
mich zum Bestattungsinstitut. Hinter der Auslage
mit künstlichen Blumen standen Sessel und ein
niedriger Tisch mit Zeitschriften. Ein Angestellter
führte uns ins Büro, erkundigte sich nach Sterbe-
datum, Beerdigungsort, fragte, ob mit Messe oder
nicht. Er notierte alles auf ein großes Formular und
tippte von Zeit zu Zeit etwas in einen Taschen-
rechner. Er führte uns in ein schwarzes, fenster-
loses Zimmer, in dem er Licht machte. Etwa zehn
Särge standen aufrecht gegen die Wand gelehnt.
Der Angestellte erläuterte: »Alle Preise inklusive
Mehrwertsteuer.« Drei Särge waren geöffnet, damit man die Farbe der Auspolsterung sehen
konnte. Ich nahm Eiche, weil das der Lieblings-
baum meiner Mutter gewesen war und sie sich bei
jedem neuen Möbelstück immer sorgsam danach
erkundigt hatte, ob es aus Eiche sei.
Mein Exmann schlug mir vor, ein violettrosa Pol-
ster zu wählen. Er war stolz, fast glücklich, weil er
sich daran erinnerte, daß sie oft Oberteile in dieser
Farbe getragen hatte. Ich gab dem Angestellten
einen Scheck. Sie würden sich um alles kümmern,
den frischen Blumenschmuck ausgenommen. Ge-

gen Mittag kehrte ich nach Hause zurück und trank mit meinem Exmann Portwein. Bei mir setzten Kopf- und Magenschmerzen ein.

Gegen fünf Uhr rief ich das Krankenhaus an, um zu fragen, ob es möglich sei, mit meinen beiden Söhnen meine Mutter in der Leichenhalle zu sehen. Die Telefonistin sagte mir, daß es zu spät sei, die Leichenhalle schließe um halb fünf. Ich fuhr allein mit dem Wagen los, um im Neubauviertel nahe des Krankenhauses einen Blumenladen zu suchen, der montags geöffnet hatte. Ich wollte weiße Lilien, aber die Floristin riet mir davon ab, das sei nur bei Kindern, allenfalls bei jungen Mädchen üblich.

Die Beerdigung fand am Mittwoch statt. Ich traf mit meinem Exmann und meinen Söhnen am Krankenhaus ein. Die Leichenhalle ist nicht ausgeschildert, wir verliefen uns, bevor wir sie fanden, ein flaches Betongebäude am Rande der Felder. Ein Angestellter in weißem Kittel, der gerade telefonierte, bedeutete uns, im Flur Platz zu nehmen. Wir saßen auf Stühlen, die an der Wand entlang aufgereiht waren, gegenüber von Sanitärräumen, zu denen die Tür offen geblieben war. Ich wollte meine Mutter noch einmal sehen und kleine, blühende Zweige von einem Quittenstrauch, die ich in meiner Handtasche trug, auf sie legen. Wir wußten nicht, ob es vorgesehen war, daß wir meine Mutter ein letztes Mal anschauen konnten, bevor der Sarg geschlossen wurde. Der Angestellte des Bestattungsinstituts, der uns im Geschäft bedient hatte, trat aus einem Nebenzimmer und forderte uns höflich auf, ihm zu folgen. Meine Mutter lag im Sarg, ihr Kopf war nach hinten gebogen, ihre Hände über dem Kruzifix gefaltet. Man hatte ihr die Binde abgenommen und das Nachthemd mit der Zackenlitze übergestreift. Die Satindecke reichte ihr bis an die Brust. Wir befanden uns in einem großen, völlig kahlen Saal aus Beton. Woher das spärliche Licht kam, weiß ich nicht.

Der Angestellte des Bestattungsinstituts wies uns nach wenigen Augenblicken darauf hin, daß der Besuch nun beendet sei, und begleitete uns zurück in den Flur. Es schien mir, daß er uns zu meiner Mutter geführt hatte, damit wir die Qualität der Leistungen des Unternehmens zur Kenntnis nahmen. Wir gingen durch das Neubauviertel zur Kirche, die neben dem Kulturzentrum errichtet war. Da der Leichenwagen noch nicht eingetroffen war, warteten wir vor der Kirche. Gegenüber, an der Fassade eines Supermarktes, war eine Parole hingeschmiert: »Geld, Konsum und Staat: Die Stützen der Apartheid.« Ein Priester näherte sich, sehr freundlich. Er fragte: »Es handelt sich um Ihre Mutter?« und von meinen Söhnen wollte er wissen, ob sie noch studierten, und an welcher Universität.

So etwas wie ein kleines, leeres Bett, das mit rotem Samt bezogen war, stand auf dem nackten Fußboden vor dem Altar. Nach einer Weile erschienen die Männer vom Bestattungsinstitut und stellten den Sarg meiner Mutter darauf ab. Der Priester legte eine Kassette mit Orgelmusik in den Recorder. Wir waren die einzigen, die der Messe beiwohnten, niemand hier hatte meine Mutter gekannt. Der Priester sprach vom »ewigen Leben«, von der »Auferstehung unserer Schwester«, sang Choräle. Ich hätte mir gewünscht, daß das ewig dauern möge, daß noch etwas für meine Mutter getan würde, irgendwelche Gesten oder Lieder. Die Orgelmusik setzte wieder ein, der Priester löschte die Kerzen zu beiden Seiten des Sargs.

Der Wagen des Bestattungsinstituts fuhr daraufhin sogleich Richtung Yvetot in die Normandie davon, wo meine Mutter neben meinem Vater beerdigt werden sollte. Ich fuhr mit meinen Söhnen in meinem eigenen Auto dorthin. Auf der ganzen

Strecke regnete es, der Wind blies in Böen. Die Jungen stellten mir Fragen zur Messe, denn sie hatten vorher noch keine besucht und nicht gewußt, wie sie sich während der Zeremonie verhalten sollten.

In Yvetot stand die Familie bereits beim Eingangstor des Friedhofs dicht beisammen. Wohl um nicht schweigend zuzusehen, wie wir näher kamen, rief eine meiner Kusinen mir von weitem zu: »Was für ein Wetter! Man könnte meinen, wir hätten November!« Wir gingen alle gemeinsam zum Grab meines Vaters. Man hatte es geöffnet, die Erde war daneben zu einem gelbfarbenen Hügel aufgeworfen. Der Sarg meiner Mutter wurde herbeigetragen. In dem Moment, als er, an Seilen, genau über der Grube in Position gebracht worden war, winkten mich die Männer herbei, damit ich beobachten konnte, wie er an den Erdwänden hinunterglitt. Der Totengräber wartete einige Meter entfernt mit seiner Schaufel. Er trug einen blauen Arbeitsanzug, eine Baskenmütze und Stiefel, sein Teint hatte einen Stich ins Violett. Ich überlegte, ob ich mit ihm reden und ihm hundert Francs geben sollte, dachte aber zugleich, daß er sie vielleicht vertrinken würde. Das spielte keine Rolle, im Gegenteil, er war der letzte Mensch, der sich um meine Mutter kümmern würde, indem er sie den ganzen Nachmittag über mit Erde zudeckte, und er sollte Freude an dieser Tätigkeit haben.

Die Familie wollte nicht, daß ich ohne eine Mahlzeit wieder abfuhr. Die Schwester meiner Mutter hatte ein Essen in einem Restaurant bestellt. Ich blieb, auch das schien mir etwas zu sein, was ich noch für sie tun konnte. Wir wurden schleppend bedient, sprachen von der Arbeit, den Kindern, manchmal von meiner Mutter. Man sagte mir: »Wozu war das gut, daß sie mehrere Jahre in diesem Zustand lebte?« Alle fanden es besser, daß sie tot war. Das ist eine Phrase, eine Gewißheit, die ich nicht verstehe. Am Abend kehrte ich nach Paris zurück. Es war wirklich alles vorbei.

In der Woche, die darauf folgte, passierte es mir, daß ich in Tränen ausbrach, egal, wo ich mich gerade aufhielt. Beim Aufwachen wußte ich, daß meine Mutter gestorben war. Ich erwachte aus bedrückenden Träumen, von denen ich nichts mehr wußte, außer daß sie darin vorkam, und zwar tot. Ich kümmerte mich um nichts außer um die lebensnotwendigen Dinge, die Einkäufe, die Mahlzeiten, die Wäsche. Oft vergaß ich, in welcher Reihenfolge diese Arbeiten getan werden mußten; nachdem ich das Gemüse geputzt hatte, hielt ich inne und fuhr mit dem nächsten Arbeitsgang, es zu waschen, erst nach angestrengtem Nachdenken fort. Lesen war unmöglich. Einmal ging ich in den Keller, dort stand der Koffer meiner Mutter, darin waren ihr Portemonnaie, ihre Handtasche für den Sommer, Halstücher. Niedergeschlagen verharrte ich vor dem aufgeklappten Koffer.

Wenn ich in der Stadt unterwegs war, ging es mir am schlechtesten. Unterwegs überfiel mich brutal der Gedanke: »Sie wird niemals mehr irgendwo auf der Welt sein.« Ich verstand das eigentlich normale Verhalten der Leute nicht mehr, ihre Aufmerksamkeit beim Metzger, wenn sie penibel dieses oder jenes Stück Fleisch aussuchten; dann packte mich das Grausen.

Dieser Zustand gibt sich allmählich. Noch erfüllt es mich mit Genugtuung, wenn das Wetter kalt und regnerisch ist, wie zu Beginn des Monats, als meine Mutter noch lebte. Noch gibt es Augenblicke der Leere, jedesmal, wenn ich feststelle, »Es ist nicht mehr nötig« oder »ich brauche mich darum nicht mehr zu kümmern« (dieses oder jenes für sie zu erledigen). Noch tut sich ein Abgrund auf bei dem Gedanken: »Das ist der erste Frühling, den sie nicht erleben wird.« (Ich spüre nun die Bedeutung solcher gewöhnlichen Sätze, sogar wenn sie sehr klischeehaft sind.)

Morgen werden seit der Beerdigung drei Wochen verstrichen sein. Erst vorgestern habe ich die schreckliche Angst überwunden, oben auf ein weißes Blatt etwas niederzuschreiben, was dem Anfang eines Buches, nicht eines Briefes an jemanden, ähnelt: »Meine Mutter ist gestorben.«

Ich habe es auch geschafft, Fotos von ihr zu betrachten. Auf dem einen sitzt sie mit untergeschlagenen Beinen am Ufer der Seine. Ein Schwarzweißfoto, aber mir ist, als sähe ich ihre rotblonden Haare, den glänzenden Schimmer ihres schwarzen Alpakakostüms.

Ich werde weiter über meine Mutter schreiben. Sie ist die einzige Frau, die für mich wirklich gezählt hat, dabei war sie seit zwei Jahren debil. Vielleicht täte ich besser daran abzuwarten, bis ihre Krankheit und ihr Tod mit meinem bisherigen Leben verschmolzen sind wie andere Ereignisse auch, etwa der Tod meines Vaters und die Trennung von meinem Mann; damit ich die Distanz bekomme, die es erleichtert, die Erinnerungen zu analysieren. Aber ich bin in diesem Augenblick nicht in der Lage, etwas anderes zu tun.

Es ist ein schwieriges Unterfangen. Meine Mutter hat für mich keine Geschichte. Sie war immer da. Wenn ich von ihr sprach, so war meine erste Regung, sie in Bildern festzuhalten, in denen die Zeit nicht von Bedeutung ist. »Sie hatte eine aufbrausende Art«, »Sie war eine Frau, die sich nichts vormachte«, und in ungeordneter Folge rufe ich mir Situationen ins

Gedächtnis, in denen sie so erscheint. Nur so finde ich die Frau meiner Vorstellung wieder, dieselbe, die seit einigen Tagen durch meine Träume geistert, ich sehe sie wieder vor mir, lebendig, ohne ein bestimmtes Alter, in einer Atmosphäre, die ebenso angespannt ist wie die in Horrorfilmen.

Ich würde gerne auch die Frau erfassen, die unabhängig von mir existierte. Die Wirklichkeit einer Frau, die am schon ländlich wirkenden Rand einer kleinen Stadt in der Normandie geboren wurde und in der Pflegeabteilung eines Krankenhauses bei Paris gestorben ist. Das Zutreffendste, das ich zu schreiben hoffe, ist wahrscheinlich am Schnittpunkt zwischen Familie und Gesellschaft, Legende und Geschichte angesiedelt. Mein Projekt hat einen literarischen Charakter, denn es handelt sich darum, über meine Mutter eine Wahrheit zu suchen, die nur durch Worte gefunden werden kann. (Das bedeutet, daß weder Fotos noch Erinnerungen oder Aussagen von Familienmitgliedern mir diese Wahrheit verschaffen können.) Aber in gewisser Weise möchte ich einen Abstand zur Literatur wahren.

Yvetot ist eine kalte Stadt, auf einem windigen Plateau zwischen Rouen und Le Havre gelegen. Zu Beginn des Jahrhunderts war sie Handels- und Verwaltungszentrum einer ausschließlich von Landwirtschaft lebenden Region, die sich in der Hand von Großgrundbesitzern befand. Mein Großvater, ein Fuhrknecht auf einem Bauernhof, und meine Großmutter, eine Tuchweberin in Heimarbeit, ließen sich dort einige Jahre nach ihrer Hochzeit nieder. Sie stammten beide aus einem drei Kilometer entfernten Dorf. Sie mieteten ein kleines, geduckt wirkendes Haus mit einem Hof jenseits der Eisenbahn, an der Peripherie, in einem schon ländlichen Stadtteil, der den Übergang zwischen den letzten Cafés am Bahnhof und den ersten Rapsfeldern bildete. Dort kam meine Mutter im Jahre 1906 zur Welt, als viertes von sechs Kindern. (Sie hat immer voller Stolz gesagt: »Ich bin nicht auf dem Land geboren.«)

Vier dieser sechs Kinder haben Yvetot ihr ganzes Leben lang nicht verlassen, meine Mutter hat drei Viertel ihres Daseins dort verbracht. Sie rückten näher an die Stadtmitte heran, haben jedoch nie darin gewohnt. Zur Messe, für den Fleischeinkauf und wegen der Banküberweisungen ging man »in die Stadt«. Jetzt hat meine Kusine eine Wohnung im Zentrum, das von der Nationalstraße 15 durchschnitten wird, über die Tag und Nacht Lastwagen rollen. Sie gibt ihrer Katze Schlafmittel, um zu verhindern, daß sie aus dem Haus läuft und überfahren wird. Das Viertel, wo meine Mutter ihre Kindheit verbrachte, ist wegen seiner Ruhe und seinen alten Häusern bei Leuten mit hohem Einkommen sehr gefragt.

Meine Großmutter hatte zu Hause die Hosen an und war darauf bedacht, ihre Kinder mit Geschrei und Schlägen zu »drillen«. Sie war eine tüchtig arbeitende Frau, deren einzige Entspannung das Lesen von Fortsetzungsromanen war. Der Umgang mit Wort und Schrift war ihr bestens vertraut, sie hätte Lehrerin werden können, da sie das beste Abgangszeugnis des Bezirks hatte. Die Eltern hatten ihr verwehrt, das Dorf zu verlassen. Damals herrschte die Gewißheit, daß das Unglück seinen Anfang nimmt, wenn man sich von der Familie entfernt. (Das Wort *ambition*, das im Französischen eigentlich für »Ehrgeiz«, »Streben nach Höherem« steht, bedeutet im Normannischen »Trennungsschmerz«. Ein Hund kann vor Ambitionen sterben.) Um diesen Werdegang zu begreifen, der mit elf Jahren bereits abgeschlossen war, muß man sich alle Sätze ins Gedächtnis rufen, die mit »früher« beginnen: Früher ging man nicht so wie heute in die Schule, früher hörte man auf seine Eltern und so weiter.

Sie führte ihren Haushalt gut, das heißt, sie schaffte es, mit minimalen Geldmitteln ihre Familie zu ernähren und zu kleiden. In der Messe reihte sie ihre Kinder ohne Löcher oder Flecken auf der Kleidung aneinander und nährte auf diese Weise eine Selbstachtung, die es erlaubte zu leben, ohne sich wie ein Bauer zu fühlen. Sie wendete Kragen und Manschetten der Hemden, so daß man sie doppelt so lange tragen konnte. Sie hob alles auf, die Haut von der Milch und das trockene Brot zum Kuchenbacken, die Holzasche zum Waschen, die Resthitze des Ofens zum Trocknen der Pflaumen oder Putzlappen, das Wasser der Morgentoilette zum Händewaschen im Laufe des Tages. Denn sie kannte all die kleinen Handgriffe, die die Armut erträglicher machen. Dieses Wissen, das jahrhundertelang von den Müttern an die Töchter weitergegeben wurde, bricht bei mir ab, denn ich archiviere es nur noch.

Mein Großvater, ein starker und zugleich sanfter Mann, starb mit fünfzig Jahren an einem Anfall von Angina pectoris.

Meine Mutter, die ihn vergöttert hatte, war damals dreizehn Jahre alt. Das Witwendasein machte meine Großmutter noch strenger, immer war sie auf der Hut.(Als das Schrecklichste stellte sie sich vor: Gefängnis für die Jungen, ein uneheliches Kind für die Mädchen.) Da es die Heimweberei nicht mehr gab, arbeitete sie als Wäscherin oder als Putzhilfe in Büros.

Am Ende ihres Lebens wohnte sie bei ihrer jüngsten Tochter und ihrem Schwiegersohn in einer Baracke ohne elektrisches Licht, dem ehemaligen Speisesaal der benachbarten Fabrik, direkt unterhalb der Eisenbahngeleise. Sonntags hatte meine Mutter mich mitgenommen, wenn sie ihr einen Besuch machte. Großmutter war eine kleine, rundliche Frau, die sich rasch fortbewegte, obwohl eines ihrer Beine von Geburt an kürzer als das andere war. Sie las Romane, redete sehr wenig, in barschem Ton, trank liebend gern Schnaps, den sie in einer Tasse mit einem Rest Kaffee mischte. Sie starb 1952.

Die Kindheit meiner Mutter sah ungefähr so aus: Ein niemals gestillter Appetit; sie verschlang das abgewogene Brot auf dem Rückweg vom Bäcker. (»Bis zu meinem fünfundzwanzigsten Lebensjahr hätte ich mir das

ganze Meer mitsamt den Fischen einverleiben
können!«)
Ein gemeinsames Zimmer für alle Kinder, das Bett
wurde mit einer Schwester geteilt; Anfälle von
Mondsüchtigkeit, bei denen man sie im Hof wie-
derfand, wo sie mit offenen Augen stand und
schlief.
Kleider und Schuhe wurden von einer Schwester
an die nächste weitergegeben; zu Weihnachten
eine Puppe aus Lumpen; kariöse Zähne vom Ap-
felsaft.
Aber auch Spazierritte auf dem Ackergaul; Schlitt-
schuhlaufen auf dem zugefrorenen See im Winter
1916; Versteckspiele und Seilchenspringen; die
Beschimpfungen und die rituelle Geste der Ver-
achtung – sich drehen und sich mit flinker Hand
auf den Hintern klatschen – an die Adresse der
»Fräulein« vom Privatpensionat. Das gesamte Dasein, das über das eines kleinen Mädchens vom
Lande hinausging, mit denselben Fertigkeiten
und Kenntnissen, über die Jungen verfügten: Holz
sägen, Äpfel schütteln und Hühner töten, indem
man ihnen eine Schere tief in die Kehle rammt.
Der einzige Unterschied war, daß man sich nicht
an seinen »Schlitz« fassen ließ.

Je nachdem, welche Arbeiten in der Jahreszeit anfielen und ob eines der Geschwister erkrankte, hatte sie mehr oder weniger regelmäßig die Schule der Gemeinde besucht. Sehr wenig war ihr davon in Erinnerung geblieben, mit Ausnahme der Anforderungen, die von den Lehrerinnen in puncto Höflichkeit und Sauberkeit gestellt wurden, wie die Fingernägel und den Rand des Hemdes vorzuzeigen oder einen Schuh auszuziehen. (Nie wußte man, welchen Fuß man waschen mußte.) Der Unterrichtsstoff ging an ihr vorüber, ohne irgendein Interesse zu wecken. Niemand »trieb« seine Kinder an, es mußte von »innen heraus« kommen, und die Schule war nichts weiter als eine Zeit, die man absitzen mußte, bis man seinen Eltern nicht mehr zur Last fiel. Den Unterricht konnte man ruhig versäumen, nichts ging einem dabei verloren. Die Messe dagegen nicht, die einem selbst hinten in der Kirche das Gefühl gab, am Reichtum, am Schönen und am Geistigen teilzuhaben (bestickte Meßgewänder, Kelche aus Gold und Choräle) und nicht »wie ein Hund« zu leben. Meine Mutter bewies schon früh eine sehr ausgeprägte Vorliebe für die Religion. Der Katechismus lieferte den einzigen Stoff, den sie mit Begeisterung lernte, sie wußte alle Antworten auswendig. (Auch später noch hatte sie diese Art, bei den Gebeten in der Kirche hastig und freudig zu antworten, als wolle sie zeigen, daß sie sie kennt.)

Mit zwölfeinhalb, so war es üblich, verließ sie die Schule, was sie weder glücklich noch unglücklich machte. (Es ist allerdings verfänglich, nur die Vergangenheit zu betrachten. In *Le Monde* vom 17. Juni 1986 kann man über die Heimat meiner Mutter, die Haute-Normandie, nachlesen: »Ein Rückstand im Schulwesen, der trotz Verbesserungen niemals aufgeholt wurde, wirkt noch immer nach. (...) Jedes Jahr verlassen 7000 junge Menschen die Schulen ohne eine Ausbildung. Da sie aus Sonderklassen kommen, ist ihnen der Zugang zu qualifizierten Ausbildungsgängen verwehrt. Nach Auskunft eines Pädagogen ist die Hälfte von ihnen ›nicht in der Lage, zwei Seiten eines durchschnittlichen, einfacheren Textes zu lesen‹.«
In der Margarinefabrik, in der sie eine Stelle antrat, litt sie unter der Kälte und der Feuchtigkeit, sie zog sich an den nassen Händen Frostbeulen zu, die den ganzen Winter über nicht verschwanden. Fortan konnte sie »keine Margarine mehr se-

hen«. Alles in allem kaum eine »goldene Jugend-
zeit«, sondern das Warten auf den Samstagabend,
auf den Lohn, den man der Mutter ablieferte, wobei man gerade so viel zurückbehielt, daß man sich
Das Kleine Echo der Mode und Gesichtspuder leisten konnte, unbändiges Lachen, Gehässigkeiten.
Eines Tages verfing sich der Schal des Werkmei-
sters im Treibriemen einer Maschine. Niemand
eilte ihm zu Hilfe, und er mußte sich selbst be-
freien. Meine Mutter stand neben ihm. Wie kann
man das hinnehmen? Die einzige Erklärung ist
die, daß alle unter dem gleichen Druck der Ent-
fremdung litten.
Mit dem Industrialisierungsprozeß der zwanziger
Jahre wurde eine große Seilerei angesiedelt, die
die Jugend der gesamten Region anzog. Meine
Mutter erhielt dort ebenso wie ihre Schwestern
und ihre zwei Brüder eine Anstellung. Damit sie es
bequemer hatten, zog meine Großmutter um, in
ein kleines gemietetes Haus, hundert Meter von
der Fabrik entfernt. Die Hausarbeit erledigte sie
abends mit ihren Töchtern. Meiner Mutter gefiel
es in diesen sauberen und trockenen Werkshallen,
wo es nicht verboten war, bei der Arbeit zu reden
und zu lachen. Sie war stolz darauf, Arbeiterin in
einer großen Fabrik zu sein. Es war, als sei man

zivilisiert im Unterschied zu den Wilden, den Mädchen vom Lande, die noch immer hinter den Kühen herliefen, und frei gegenüber den Sklavinnen, den Hausmädchen in Bürgerhäusern, die gezwungen waren, ihrer Herrschaft »in den Hintern zu kriechen«. Doch sie spürte, was sie auf undefinierbare Weise von ihrem Traum trennte: dem Dasein eines Ladenfräuleins.

Wie viele kinderreiche Familien war die Familie meiner Mutter eine eigene Sippschaft; das bedeutet, daß meine Großmutter und ihre Kinder das gleiche Verhalten zeigten und auch das gleiche, teils bäuerliche Leben von Arbeitern führten, wodurch man sie als »Familie D...« erkennen konnte. Sie brüllten alle, die Männer ebenso wie die Frauen, und das bei allen Gelegenheiten. Sie waren von überschwenglicher Fröhlichkeit, jedoch argwöhnisch, sie waren schnell verärgert und »behielten für sich«, was sie zu sagen hatten. Vor allem aber waren sie stolz auf ihre Arbeitskraft. Sie ertrugen es nur schwer, wenn jemand mehr Mut bewies als sie. Den Einschränkungen, die ihnen auferlegt waren, setzten sie ständig die Gewißheit entgegen, »jemand zu sein«. Daher rührte vielleicht diese Leidenschaftlichkeit, mit der sie sich auf alles stürzten, auf die Arbeit, das Essen, mit der sie Tränen lachten und eine Stunde später ankündigten: »Ich spring gleich in den Brunnen!«

Meine Mutter hatte von allen am meisten Überschwang und Stolz, sie durchschaute ihre untergeordnete gesellschaftliche Stellung, gegen die sie aufbegehrte. Sie weigerte sich, nur danach beurteilt zu werden. Eine ihrer häufigen Überlegungen zum Thema reiche Leute war: »Die haben wir durchaus verdient.« Sie war eine hübsche, ziemlich stämmige Blondine (»Wäre es möglich gewesen, hätte man mir meine Gesundheit abgekauft!«) mit grauen Augen. Sie las mit Vergnügen alles, was ihr in die Hände fiel, sang gern neue Chansons, liebte es, sich zu schminken und mit der Clique ins Kino oder ins Theater zu gehen, um *Roger la Honte* und *Le Maître des Forges* anzusehen, war immer bereit, »ausgelassen zu sein«.

Aber in einer Zeit und in einer kleinen Stadt, wo das Wichtigste des gesellschaftlichen Lebens darin bestand, möglichst viel von den Leuten in Erfahrung zu bringen, wo das Benehmen der Frauen ganz selbstverständlich einer ständigen sozialen Kontrolle unterlag, war man zwangsläufig hin- und hergerissen zwischen der Lust, »von seiner Jugend zu profitieren«, und der Angst davor, daß »mit Fingern auf einen gezeigt wurde«. Indem sie die Messe besuchte und zur Beichte und zur Kommunion ging, ihre Aussteuer bei den Schwestern des Waisenhauses stickte und niemals allein mit einem Jungen in den Wald ging, bemühte meine Mutter sich, so gut wie möglich dem günstigsten Urteil zu entsprechen, das über junge Fabrikarbeiterinnen gefällt wurde: »Arbeiterin, *aber* anständig.« Sie wußte nicht, daß ihre gekürzten Röcke, ihr Bubikopf, ihr »frecher« Blick und vor allem die Tatsache, daß sie zusammen mit Männern arbeitete, bereits ausreichten, um zu verhindern, daß man sie für das hielt, als was sie unbedingt gelten wollte: für ein »vorbildliches junges Mädchen«.

Die Jugend meiner Mutter, das war zum Teil das krampfhafte Bemühen, sich das Los zu ersparen, das am wahrscheinlichsten war: Armut gewiß, Alkoholismus vielleicht, alles, was einer Arbeiterin passiert, wenn sie sich »gehenläßt« (zum Beispiel: rauchen, sich abends auf der Straße herumtreiben, mit Flecken auf der Kleidung ausgehen), und daß kein einziger »anständiger junger Mann« mehr etwas von ihr wissen will.

Ihren Geschwistern blieb nichts erspart. Vier sind im Laufe der letzten fünfundzwanzig Jahre gestorben. Schon lange hatten sie ihre Wut im Alkohol ertränkt, die Männer in der Kneipe, die Frauen daheim. (Einzig die jüngste Schwester, die nicht trank, lebt noch.) Als erwachsene, ältere Menschen lachten und sprachen sie nur noch bei einem gewissen Grad von Trunkenheit. In der übrigen Zeit brachten sie schweigend ihre Arbeit hinter sich, »gute« Arbeiter und Hausfrauen, denen man »nichts nachsagen konnte«. Im Laufe der Jahre gewöhnten sie sich daran, daß die Leute nur noch ihr Trinken im Blick hatten, abschätzten, ob sie »nüchtern waren« oder »einen sitzen hatten«. Einmal traf ich am Abend vor Pfingsten auf dem Rückweg von der Schule meine Tante M. Wie an allen arbeitsfreien Tagen ging sie mit ihrer Tasche, die mit leeren Flaschen gefüllt war, hinauf in die Stadt. Sie küßte mich, brachte aber kein Wort heraus und schwankte im Stehen. Ich glaube, daß ich niemals in der Lage sein werde, so zu schreiben, als sei ich meiner Tante an jenem Tag nicht begegnet.

Für eine Frau war eine Ehe eine Angelegenheit auf Leben oder Tod, die Hoffnung, zu zweit alles besser durchstehen zu können, oder der endgültige Untergang. Deshalb galt es, den Mann zu finden, der »eine Frau glücklich machen« konnte, selbstverständlich keinen Burschen vom Lande – auch wenn er reich war –, der einen in einem Dorf ohne Elektrizität Kühe melken ließ. Mein Vater arbeitete in der Seilerei, er war ein großer Mann, angesehen, ein »feiner Kerl«. Er trank nicht und sparte seinen Lohn, um seinen Hausstand zu gründen. Er hatte ein ruhiges, heiteres Wesen und war sieben Jahre älter als sie. (Man nimmt keinen »Hergelaufenen«!) Lächelnd und errötend erzählte sie: »Viele machten mir den Hof, und mehrmals hielt man um meine Hand an, doch ich habe deinen Vater gewählt.« Häufig setzte sie noch hinzu: »Er machte keinen gewöhnlichen Eindruck.«

Die Vergangenheit meines Vaters ähnelt der meiner Mutter: kinderreiche Familie, der Vater Fuhrknecht, die Mutter Heimweberin, Verlassen der Schule im Alter von zwölf, in diesem Fall, um als Knecht auf einem Bauernhof Feldarbeit zu leisten. Doch sein älterer Bruder hatte es geschafft, eine gute Stelle bei der Eisenbahn zu bekommen, zwei Schwestern hatten sich mit Ladenangestellten verheiratet. Als ehemalige

Hausmädchen schafften sie es zu sprechen, ohne gleich zu brüllen, sich gemessenen Schrittes fortzubewegen, nicht aufzufallen. Das brachte schon mehr Selbstachtung, aber auch die Neigung, die Mädchen schlechtzumachen, die, wie meine Mutter, in der Fabrik arbeiteten, denn deren Anblick und Auftreten erinnerten sie zu sehr an die Welt, die sie gerade hinter sich gelassen hatten. Ihrer Meinung nach hätte mein Vater »was Besseres finden können«.

Sie heirateten 1928. Auf dem Hochzeitsfoto hat sie das ebenmäßige Gesicht einer Madonna, blaß, mit zwei Schmachtlocken, den Kopf verhüllt unter einem Schleier, der bis zu den Augen herabreicht. Starker Busen, kräftige Hüften, hübsche Beine (das Kleid bedeckt die Knie nicht). Kein Lächeln, ein ruhiger Ausdruck, ein Anflug von Amüsiertheit und Neugier im Blick. Er, mit kleinem Schnurrbart und Fliege, wirkt sehr viel älter. Er kraust die Stirn, blickt ängstlich drein, fürchtet vielleicht, daß das Foto mißlingen könnte. Er hat sie um die Taille gefaßt, sie hat ihre Hand auf seine Schulter gelegt. Sie stehen auf einem Weg, am Rande eines Hofes mit hohem Gras. Hinter ihnen bildet das Geäst von zwei Apfelbäumen, die ineinanderwachsen, für sie eine Laube. Im Hintergrund die Fassade eines geduckten Hauses. Es ist eine Szene, deren Gerüche ich wahrnehmen kann, die trockene Erde des Weges, die zutage tretenden Kiesel, den Duft des Landes bei Sommeranfang. Aber das ist nicht meine Mutter. Wie lang auch immer ich das Foto betrachte, bis zu der Sinnestäuschung, daß die Gesichter sich regen, ich sehe immer nur eine schlichte junge Frau, die in ihrem filmreifen Kostüm aus den zwanziger Jahren ein wenig steif wirkt. Nur die große Hand, mit der sie ihre Handschuhe umklammert, und die Art, den Kopf hoch zu tragen, verraten mir, daß sie es ist.

Ich bin fast sicher, daß diese junge Braut Glück und Stolz empfand. Über ihre Begierden weiß ich nichts. An den ersten Abenden – so vertraute sie einer Schwester an – behielt sie ihren Schlüpfer unter dem Nachthemd an, als sie ins Bett stieg. Das hat nichts zu sagen, man konnte sich nur im Schutz der Scham lieben, aber lieben mußte man sich, und zwar gut, wenn man »normal« war.

Anfangs fand sie es aufregend, die Dame zu spielen und einen Hausstand zu haben, das Tafelservice, das bestickte Tischtuch einzuweihen, am Arm ihres »Gatten« auszugehen, zu lachen, zu streiten (sie konnte nicht kochen), sich zu versöhnen (sie war nicht nachtragend), es war ein Gefühl, als ob ein neues Leben begonnen hätte. Aber die Löhne stiegen nicht mehr. Sie mußten die Miete, die Raten für die neuen Möbel aufbringen, waren gezwungen, sich in allem einzuschränken, ihre Eltern um Gemüse zu bitten (sie hatten keinen eigenen Garten) – letztendlich also dasselbe Leben wie zuvor. Sie lebten es auf unterschiedliche Weise. Beide hatten sie denselben Wunsch im Leben voranzukommen, doch mein Vater hatte größere Angst vor dem Kampf, den man würde führen müssen, neigte mehr dazu, sich mit seiner Lage abzufinden. Meine Mutter war der Überzeugung, daß sie nichts zu verlieren hatten und alles unternehmen müßten, um ihrer Lebenssituation, »koste es, was es wolle«, zu entkommen. Sie war zwar stolz darauf, Arbeiterin zu sein, aber nicht stolz genug, um es für immer bleiben zu wollen, träumte von dem einzigen Abenteuer, dem sie sich gewachsen fühlte, der Übernahme eines Lebensmittelladens. Er fügte sich ihr, in dieser Ehe war sie diejenige, die die gesellschaftlichen Ambitionen hatte.

Im Jahre 1931 kauften sie auf Kredit ein Lebensmittelgeschäft mit Café in Lillebonne, einer Arbeiterstadt mit siebentausend Einwohnern, fünfundzwanzig Kilometer von Yvetot entfernt. Es lag in der Vallée, einer Gegend mit Spinnereien, die aus dem 19. Jahrhundert stammten und das Leben der Leute von der Geburt bis zum Tod reglementierten. Wenn man heute von der Vallée zu Vorkriegszeiten spricht, beinhaltet das bereits alles: die größte Rate an Alkoholikern und an Mädchen mit unehelichen Kindern, an den Wänden herabrinnende Feuchtigkeit und Säuglinge, die innerhalb von zwei Stunden an Durchfall starben. Meine Mutter war damals fünfundzwanzig. Dort muß sich ihre Persönlichkeit endgültig geformt haben, dieses Gesicht, diese Vorlieben und Verhaltensweisen, von denen ich lange Zeit glaubte, daß sie schon immer zu ihr gehört haben.

Da sie vom Laden nicht leben konnten, verdingte mein Vater sich auf Baustellen, später in Raffinerien der Basse-Seine, wo er zum Vorarbeiter aufrückte. Sie führte das Geschäft allein.

Sie stürzte sich von Anfang an mit Hingabe in die Arbeit, »stets lächelnd«, hatte »für jedermann ein freundliches Wort«, eine unendliche Geduld:

»Ich hätte auch Kieselsteine verkauft!« In dem
Bewußtsein, daß sie ihren Lebensunterhalt Leuten verdankte, die den eigenen Unterhalt nicht
bestreiten konnten, paßte sie sich auf Anhieb
einem industriellen Elend an, das der Armut ähnelte, die sie selbst, wenn auch weit schwächer,
gekannt hatte.

Vermutlich hatte sie keine Minute für sich allein
zwischen Laden, Café und Küche, wo inzwischen
ein kleines Mädchen heranwuchs, das kurz nach
der Niederlassung in der Vallée zur Welt gekommen war. Von morgens um sechs (die Arbeiterin-
nen der Spinnereien kamen Milch holen) bis
abends um acht Uhr (man spielte Karten oder
Billard) war geöffnet, und sie wurde zu allen
möglichen Zeiten von einer Kundschaft »gestört«, die für ihre Einkäufe im Laufe des Tages
mehrmals wiederzukommen pflegte. Da war die
Bitterkeit, kaum mehr als eine Arbeiterin zu verdienen, die ständige Angst, »es nicht zu schaf-
fen«; jedoch auch eine gewisse Macht – half sie
nicht den Familien zu überleben, indem sie ihnen
Kredit gab? –, Freude am Reden und Zuhören –
so viele Lebensgeschichten wurden im Laden er-
zählt! –, kurzum, das Glück eines erweiterten
Horizonts.

Und sie »entwickelte« sich auch. Da sie zu allen möglichen Gängen gezwungen war (zum Finanzamt, zum Bürgermeisteramt) und die Lieferanten und Vertreter empfing, lernte sie es, auf ihre Sprache zu achten, und sie ging nie mehr »ohne Hut«. Bevor sie sich beim Einkaufen für ein Kleid entschied, fragte sie sich fortan, ob es »Chic« hatte. Sie hatte die Hoffnung, dann die Gewißheit, daß sie nicht mehr wie ein »Mädchen vom Lande« wirkte. Neben Delly und den katholischen Schriften von Pierre l'Ermite las sie Bernanos, Mauriac und die »schlüpfrigen Erzählungen« von Colette. Mein Vater entwickelte sich nicht so schnell wie sie, er hielt an der spröden Schüchternheit eines Menschen fest, der sich abends als Wirt eines Cafés deplaziert fühlt, weil er tagsüber Arbeiter ist.

Es folgten die schwarzen Jahre der Krise, der Streiks, der Politik des Volksfront-Ministerpräsidenten Léon Blum, des Mannes, »der endlich für den Arbeiter war«, die Sozialgesetze, Feste im Café bis spät in die Nacht. Ihre Familie kam zu Besuch, in allen Zimmern wurden Matratzen ausgelegt, bei der Abreise hatten die Verwandten mit Vorräten vollgestopfte Taschen. (Sie gab leichten Herzens, war sie nicht die einzige, die es zu etwas gebracht hatte?) Streitigkeiten mit der »anderen« Familie. Der Schmerz. Ihre kleine Tochter war ein nervöses, fröhliches Kind. Auf einem Foto wirkt sie groß für ihr Alter, mit dünnen Beinen, ausgeprägten Knien. Sie lächelt, hält eine Hand hoch über der Stirn, um nicht von der Sonne geblendet zu werden. Auf einem anderen, als Kommunionkind neben einer Kusine, ist sie ernst, obwohl sie mit ihren Fingern spielt, die sie gespreizt vor sich hält. 1938 stirbt sie drei Tage vor Ostern an Diphtherie. Sie hatten nur ein einziges Kind gewollt, um es möglichst glücklich zu machen.

Es blieben der Schmerz, der überspielt wurde, nichts als das Schweigen aus Nervenschwäche, Gebete und der Glaube an eine »kleine Heilige im Himmel«. Anfang 1940 erwachte das Leben von neuem, meine Mutter erwartete wieder ein Kind. Ich sollte im September geboren werden.

Gegenwärtig kommt es mir so vor, als schriebe ich über meine Mutter, weil es jetzt an mir sei, sie auf die Welt zu bringen.

Vor zwei Monaten habe ich damit begonnen, indem ich »Meine Mutter ist am Montag, dem 7. April, gestorben« auf ein Blatt schrieb. Das ist ein Satz, den ich fortan ertrage, ja sogar lesen kann, ohne eine andere Emotion zu spüren als jene, die ich gehabt hätte, wenn dieser Satz von jemand anderem stammte. Aber ich ertrage es weder, in das Viertel des Krankenhauses und in das Altersheim zu gehen, noch, mir unvermittelt in Vergessenheit geratene Einzelheiten vom letzten Tag, an dem sie noch lebte, wieder in Erinnerung zu rufen. Am Anfang glaubte ich, daß ich schnell schreiben würde. In Wirklichkeit verbringe ich viel Zeit damit, mir über die Reihenfolge des zu Erzählenden, die Wahl der Worte und ihre Anordnung klar zu werden, so, als gäbe es eine ideale Ordnung, die allein die Wahrheit über meine Mutter zum Ausdruck bringen könnte – eine Wahrheit, von der ich jedoch nicht weiß, worin sie besteht. Und in dem Moment, in dem ich schreibe, zählt für mich nichts anderes als die Entdeckung jener Ordnung.

Der Exodus während der Besatzungszeit: Sie brachen über die Landstraßen nach Niort auf, gemeinsam mit Nachbarn, man schlief in Scheunen, trank den »einfachen Wein von dort unten«. Um einen Monat später zu Hause entbinden zu können, kehrte sie dann mit dem Fahrrad allein wieder zurück, wobei sie unterwegs die Sperren der Deutschen überwinden mußte, ohne jegliche Angst; bei ihrer Ankunft war sie so schmutzig, daß mein Vater sie nicht erkannte.
Während der Besatzungszeit drängten sich die Bewohner der Vallée in der Hoffnung auf Versorgung wieder vor ihrem Laden. Sie bemühte sich, alle zu ernähren, vor allem die kinderreichen Familien, war sie doch versessen und stolz darauf, gut und nützlich zu sein. Während der Bombenangriffe wollte sie nicht in den Gemeinschaftsschutzräumen am Hang des Hügels Zuflucht suchen, denn sie zog es vor, »zu Hause zu sterben«. Nachmittags ging sie zwischen zwei Alarmen mit mir im Kinderwagen spazieren, damit ich kräftiger

wurde. Es war die Zeit, in der man sich schnell anfreundete, auf den Bänken des Volksgartens schloß sie sich jungen, sparsamen Frauen an, die vor dem Sandkasten saßen und strickten, während mein Vater den leeren Laden hütete. Die Engländer und die Amerikaner rückten in Lillebonne ein. Quer durch die Vallée rollten ihre Panzer, aus denen Schokolade und Orangenpulver geworfen wurde, die man aus dem Staub klaubte. Jeden Abend war das Café voll von Soldaten, manchmal gab es Raufereien, doch es war ein Fest, und man lernte *shit for you* zu sagen.

Danach wurden die Kriegsjahre in den Erzählungen meiner Mutter zu einem Roman, dem großen Abenteuer ihres Lebens. (Sie hat *Vom Winde verweht* sehr geliebt.) Vielleicht bedeutete das in dem allgemeinen Unglück eine Art Pause im Kampf um den sozialen Aufstieg, ein Kampf, der nun unnötig war.

In jenen Jahren war sie eine schöne Frau, mit rotblond gefärbtem Haar. Sie hatte eine kräftige, tragende Stimme, schrie oft in schrecklichem Ton. Sie lachte auch viel, ein Lachen aus voller Kehle, das ihre Zähne und ihr Zahnfleisch entblößte. Beim Bügeln sang sie *Le temps des cerises*, *Riquita jolie fleur de Java*, sie trug Turbanhüte, ein Som-

merkleid mit dicken blauen Streifen, ein anderes
in Beige, weich und gaufriert. Sie puderte sich mit
einer Quaste vor dem Spiegel über dem Spülstein,
trug Lippenstift auf, indem sie bei dem kleinen
Herz in der Mitte anfing, parfümierte sich hinter
dem Ohr. Um ihr Korsett zuzuschnüren, drehte
sie sich zur Wand. Ihre Haut trat zwischen den
gekreuzten Schnüren hervor, die unten durch
einen Knoten oder eine Schleife gehalten wurden.
Nichts von ihrem Körper ist mir entgangen. Ich
glaubte, daß ich sie sein würde, wenn ich groß
wäre.

Eines Sonntags picknickten wir an einer Böschung
in der Nähe eines Waldes. Die Erinnerung: unter
ihnen zu sein, geborgen zwischen Stimmen und
Körpern, anhaltendem Lachen. Auf dem Rückweg
gerieten wir in einen Bombenangriff, ich saß auf
der Stange des Fahrrads meines Vaters, und sie
fuhr vor uns den Hang hinunter, aufrecht auf dem
Sattel sitzend, der sich in ihren Po grub. Ich fürch-
tete mich vor den Granaten und davor, daß sie
stirbt. Mir scheint, wir waren alle beide in meine
Mutter verliebt.

1945 verließen meine El-
tern die Vallée, wo ich unentwegt hustete und
mich wegen des Nebels nicht entwickelte, und

kehrten nach Yvetot zurück. Nach dem Krieg war
das Leben schwieriger zu meistern als im Krieg.
Die Einschränkungen blieben bestehen, und diejenigen, die sich »durch den Schwarzmarkt berei-
chert hatten«, traten in Erscheinung. Während der
Zeit, in der sie auf einen anderen Laden wartete,
führte meine Mutter mich in den von Trümmern
gesäumten Straßen des zerstörten Zentrums spazieren, nahm mich zum Beten in eine Kapelle mit,
die man als Ersatz für die niedergebrannte Kirche
in einem Kinosaal eingerichtet hatte. Mein Vater
war damit beschäftigt, die Bombenlöcher wieder
zuzuschütten, wir bewohnten zwei Zimmer ohne
Strom.

Drei Monate später lebte meine Mutter wieder
auf, als Inhaberin eines halb ländlichen Lebensmittelladens mit Café, der abseits vom Zentrum in
einem vom Krieg verschonten Viertel lag. Nichts
weiter als eine winzige Küche und, im ersten
Stock, ein Schlafzimmer und zwei Mansarden, wo
man essen und schlafen konnte, ohne den Blicken
der Kundschaft ausgesetzt zu sein. Aber ein großer Hof, Schuppen, um Holz, Heu und Stroh zu
lagern, eine Kelter, und vor allem Kunden, die zunehmend bar bezahlten. Mein Vater bediente im
Café und pflegte auch seinen Garten, hielt Hühner

und Kaninchen, machte Cidre, der an die Gäste verkauft wurde. Nachdem er zwanzig Jahre lang Arbeiter gewesen war, kehrte er zu einer Lebensweise zurück, die zur Hälfte bäuerlich war. Mutter kümmerte sich um den Laden, die Bestellungen und die Rechnungen, verwaltete das Geld. Nach und nach erreichten sie einen höheren Lebensstandard als die Arbeiter in ihrer Umgebung, sie schafften es beispielsweise, Besitzer des Ladenlokals und eines kleinen, niedrigen Hauses zu werden, das daran grenzte.

In den ersten Sommern kamen die ehemaligen Kunden aus Lillebonne an den freien Tagen zu Besuch, ganze Familien reisten im Bus an. Man umarmte sich und weinte. Zum Essen stellte man die Tische des Cafés aneinander, man sang und erinnerte sich an die Besatzungszeit. Anfang der fünfziger Jahre kamen sie dann nicht mehr. Meine Mutter sagte: »Das gehört der Vergangenheit an, man muß nach vorn blicken.«

Bilder von ihr, als sie zwischen vierzig und sechsundvierzig Jahren alt ist: An einem Wintermorgen wagt sie es, in den Klassenraum zu kommen, um von der Lehrerin zu fordern, daß der Wollschal wiedergefunden wird, den ich auf der Toilette vergessen hatte und der teuer gewesen war (lange Zeit habe ich seinen Preis gewußt).

In einem Sommer sucht sie am Meer in Veules-les-Roses mit einer jüngeren Schwägerin Muscheln. Ihr malvenfarbenes Kleid mit schwarzen Streifen ist geschürzt und vorne geknotet. Mehrmals gehen sie zum Aperitiftrinken und Kuchenessen in ein Café, das nah am Strand in Baracken untergebracht ist, sie lachen unentwegt.

In der Kirche singt sie lauthals das Marienlied: *Eines Tages werde ich zu ihr kommen, in den Himmel, in den Himmel.*

Das trieb mir die Tränen in die Augen, und ich verabscheute sie.

Sie hatte bunte Kleider und ein dunkles »Pfeffer und Salz«-Kostüm. Sie las die Frauenzeitschrift *Confidences* und das Modeblatt *La Mode du jour*. Sie legte ihre blutbefleckten Binden bis zum Dienstag, dem Waschtag, in eine Ecke des Speichers.

Wenn ich sie zu genau betrachtete, wurde sie nervös: »Willst du mich kaufen?«

Sonntag nachmittags legte sie sich im Unterrock und mit Strümpfen hin. Ich durfte neben sie ins Bett kriechen. Sie schlief schnell ein, ich las, an ihren Rücken geschmiegt.

Bei einer Kommunionsfeier war sie beim Essen betrunken, und sie übergab sich neben mir. Von da an überwachte ich bei jedem Fest ihren auf dem Tisch ausgestreckten Arm, der das Glas hielt, und ich wünschte mir inständig, daß sie ihn nicht heben würde.

Sie war sehr kräftig geworden, neunundachtzig Kilo. Sie aß viel, trug in der Kitteltasche immer Zuckerstücke bei sich. Um abzunehmen, besorgte sie sich in einer Apotheke in Rouen Pillen, was sie vor meinem Vater verheimlichte. Sie versagte sich Brot und Butter, verlor aber nur zehn Kilo.

Sie knallte die Türen und polterte mit den Stühlen, wenn sie diese auf den Tischen stapelte, um zu fegen. Alles, was sie machte, machte sie mit Lärm. Sie setzte die Gegenstände nicht ab, sondern knallte sie hin.

Wenn sie verärgert war, konnte man es ihrem Gesicht sofort ansehen. In der Familie sagte sie in barschem Ton, was sie dachte. Sie nannte mich »Kamel«, »Dreckspatz«, »kleines Weibsstück« oder ganz einfach »mißraten«. Sie verteilte schnell Schläge, vor allem Ohrfeigen, manchmal Fausthiebe in die Schulterpartie (»Ich hätte sie umgebracht, wenn ich mich nicht zusammengerissen hätte!«). Fünf Minuten später drückte sie mich an sich, und ich war ihr »Püppchen«.

Sie schenkte mir beim geringsten Anlaß Spielzeug und Bücher, zu Festtagen, bei Krankheit, beim Ausflug in die Stadt. Sie brachte mich zum Zahnarzt und zum Lungenspezialisten, achtete darauf, mir gute Schuhe, warme Kleidung und alle von der Lehrerin verlangten Schulutensilien zu kaufen. (Sie hatte mich in einem Pensionat eingeschult, nicht in der öffentlichen Schule.) Wenn ich die Bemerkung machte, daß eine Schulkameradin zum Beispiel eine unzerbrechliche Schiefertafel habe, fragte sie mich sofort, ob ich auch eine haben wollte. »Ich wollte nicht, daß es heißt, du seist schlechter dran als die anderen.« Es war ihr sehnlichster Wunsch, mir alles zu geben, was sie nicht bekommen hatte. Aber das bedeutete für sie eine solche Arbeitsanstrengung, so große Geldsorgen und – gemessen an der vormaligen Erziehung – eine solch neue Sorge um das Glück der Kinder, daß sie nicht umhin konnte festzustellen: »Du kommst uns teuer zu stehen« oder »Obwohl du alles hast, bist du noch immer nicht zufrieden!«

Ich versuche, die Heftigkeit, die überschwengliche Zärtlichkeit und die Vorwürfe meiner Mutter nicht nur als ganz persönliche Charaktereigenschaften zu betrachten, sondern sie auch durch ihren Lebensweg und ihre gesellschaftliche Stellung zu erklären. Diese Art zu schreiben, die nach meinem Empfinden der Wahrheit nahekommt, hilft mir, durch die Entdeckung einer allgemeineren Bedeutung aus der Einsamkeit und dem Dunkel der subjektiven Erinnerung herauszutreten. Doch ich spüre, daß etwas in mir aufbegehrt, was sich von meiner Mutter rein affektive Bilder – Zuneigung oder Tränen – bewahren möchte, ohne ihnen einen Sinn zu geben.

Diese Mutter war Kauffrau, das heißt, daß sie zunächst den Kunden gehörte, die uns »ernährten«. Es war verboten, sie zu stören, wenn sie bediente (Warten hinter der Tür, die den Laden von der Küche trennte, um Stickgarn, die Erlaubnis zum Spielen und so weiter zu bekommen). Hörte sie zuviel Lärm, tauchte sie auf, teilte wortlos Ohrfeigen aus und verschwand wieder, um zu bedienen. Sehr früh gewöhnte sie mich daran, die Regeln zu beachten, die Kunden gegenüber einzuhalten waren: laut und deutlich zu grüßen, nicht zu essen, sich nicht vor ihnen zu streiten, niemanden zu kritisieren. Ebenso leitete sie mich zu dem Mißtrauen an, das den Kunden entgegengebracht werden mußte: ihnen niemals zu glauben, was sie erzählten, sie verstohlen zu überwachen, wenn sie im Laden allein waren. Sie hatte zwei Gesichter, eines für die Kundschaft und eines für uns. Wenn die Ladenglocke anschlug, betrat sie lächelnd die Bühne, verschrieb sich mit geduldiger Stimme dem Ritual der Fragen über die Gesundheit, die Kinder, den Garten. Wenn sie in die Küche zurückgekehrt war, erlosch das Lächeln, sie blieb einen Augenblick stumm, erschöpft von der Rolle, in der sich der Jubel mit der Bitterkeit darüber mischte, daß sie so große Anstrengungen für Leute auf sich nahm, von denen sie argwöhnte, daß sie entschlossen waren, sich von ihr abzuwenden, sollten sie feststellen, daß es »woanders billiger ist«.

Sie war eine Mutter, die jeder kannte, kurzum eine öffentliche Person. Wenn ich im Pensionat an die Tafel geschickt wurde, hieß es: »Wenn Ihre Mama zehn Pakete Kaffee zu soundsoviel verkauft« und so weiter. (Natürlich nie der andere, ebenso realistische Fall: »Wenn Ihre Mama drei Aperitifs zu soundsoviel serviert...«)

Meine Mutter hatte nie Zeit, weder zum Kochen noch dazu, den Haushalt so zu führen, »wie es sich gehört«, sie nähte einen Knopf erst an, kurz bevor ich zur Schule aufbrach, wenn ich das Kleidungsstück bereits trug, bügelte eine Bluse unmittelbar vor dem Anziehen auf einer Ecke des Tisches. Um fünf Uhr morgens schrubbte sie die Fliesen und packte die Waren aus, im Sommer jätete sie die Rosenbeete, bevor der Laden geöffnet wurde. Sie arbeitete kräftig und schnell, bezog den größten Stolz aus den undankbarsten Arbeiten (über die sie freilich fluchte): die große Wäsche, das Abziehen des Parketts im Schlafzimmer mittels Stahlspänen. Es war ihr nicht möglich, sich auszuruhen oder zu lesen, ohne sich dafür zu rechtfertigen, etwa mit: »Ich habe es durchaus verdient, mich zu setzen.« (Und trotzdem versteckte sie ihren Fortsetzungsroman noch unter einem Stapel Flickzeug, wenn sie von einer Kundin gestört wurde.) Bei Streitigkeiten zwischen ihr und meinem Vater ging es immer nur um ein einziges Thema, um die Menge der Arbeit, die der eine im Vergleich zum anderen leistete. Sie beteuerte ständig: »Ich bin diejenige, die hier alles macht.«

Mein Vater las nur die regionale Zeitung. Er weigerte sich, Orte aufzusuchen, wo er sich nicht »zu Hause« fühlte, und schlug viele Dinge aus, die, wie er sich ausdrückte, nichts für ihn seien. Er liebte den Garten, das Domino- und das Kartenspielen sowie die Heimwerkerei. Er legte keinerlei Wert darauf, »gewählt zu sprechen«, und benutzte weiterhin Wendungen im Dialekt. Meine Mutter dagegen bemühte sich, Fehler im Französischen zu vermeiden, sie sagte nicht »mein Mann«, sondern »mein Gatte«. Manchmal wagte sie es, in der Unterhaltung Ausdrücke anzubringen, die nicht geläufig waren und die sie gelesen oder von »feinen Leuten« gehört hatte. Sie zögerte dabei, aus Angst, sich zu irren, errötete sie sogar, mein Vater lachte und foppte sie anschließend wegen ihrer »geschwollenen Ausdrücke«. Sobald sie sich ihrer Sache sicher war, gefiel es ihr, diese Wörter wiederholt anzubringen, und wenn es sich um Vergleiche handelte, die sie als literarisch empfand (»Er trägt sein Herz zur Schau wie einen Schal!« oder »Wir sind nur Zugvögel…«), lächelte sie dabei, als wolle sie die Anmaßung, die sie im Munde führte, abschwächen. Sie liebte »das Schöne«, das einen »angezogen« aussehen ließ, das Kaufhaus *Le Printemps*, das mehr »Chic« als die *Nouvelles Galeries* hatte. Natürlich war sie von den Teppichen und Bildern in der Praxis des Augenarztes ebenso beeindruckt wie mein Vater, doch sie wollte ihre Verlegenheit immer überwinden. Einer ihrer zahlreichen Aussprüche: »Ich habe es mir ganz einfach geleistet« (dieses oder jenes zu tun). Auf Bemerkungen meines Vaters über eine neue Aufmachung, über ihr vor dem Ausgehen sorgfältig aufgelegtes Make-up antwortete sie mit Nachdruck: »Man muß standesgemäß auftreten!«

Sie war begierig zu lernen: die Regeln der Lebensart (sie hatte solche Furcht, darin zu versagen, immer große Unsicherheiten hinsichtlich der Gepflogenheiten), was üblich war, was es Neues gab, die Namen von großen Schriftstellern, welche Filme herauskamen (doch aus Zeitmangel ging sie nicht ins Kino), die Namen der Blumen in den Gärten. Aus Neugier und um ihren Wissensdurst zu zeigen, hörte sie den Leuten aufmerksam zu, die von Dingen sprachen, von denen sie nichts wußte. Weiterzukommen bedeutete für sie zunächst einmal zu lernen (sie pflegte zu sagen: »Man muß auch seinem Geist ständig neue Nahrung zuführen«), und nichts war schöner als »das Wissen«. Bücher waren die einzigen Dinge, die sie vorsichtig behandelte. Sie wusch sich die Hände, bevor sie sie anfaßte.

Ihre Begierde zu lernen ging so weit, daß sie mich dazu benutzte. Abends ermunterte sie mich bei Tisch, über meine Schule, den Unterrichtsstoff und über die Lehrerin zu sprechen. Es machte ihr Freude, meine Ausdrucksweise zu benutzen: »Mathe«, »Philo« oder »Franz«. Sie fand es normal, daß ich sie »verbesserte«, wenn sie sich »schief ausgedrückt« hatte. Sie fragte mich nicht mehr, ob ich »vespern«, sondern ob ich »einen Happen essen« wollte. Sie nahm mich zur Besichtigung von Sehenswürdigkeiten und Museen mit nach Rouen, nach Villequier zu den Gräbern der Familie Victor Hugos, war ständig bereit zu bewundern. Sie las die Bücher, die ich auf Empfehlung des Bibliothekars las. Doch manchmal überflog sie auch die humoristische Wochenzeitung *Le Hérisson*, die ein Kunde vergessen hatte, und lachte: »Sie ist blöd, aber man liest sie trotzdem!« (Wenn sie mit mir ins Museum ging, war ihre vorherrschende Empfindung vielleicht weniger die Befriedigung, ägyptische Vasen zu betrachten, als der Stolz, mich an ein Wissen und an Vorlieben heranzuführen, von denen sie wußte, daß gebildete Leute sich dadurch auszeichnen, daß sie darüber Bescheid wissen. Die Grabfiguren der Kathedrale, Dickens und Daudet statt der eines Tages abbestellten *Confidences* dienten wohl eher meinem Glück als dem ihren.)

Ich glaubte, sie sei meinem Vater überlegen, weil sie in meinen Augen den Lehrerinnen der Grundschule und den Lehrern des Gymnasiums ähnlicher war als er. Alles an ihr, ihre Autorität, ihre Wünsche und ihr Ehrgeiz wiesen in die gleiche Richtung wie die Schule. Der Lesestoff, die Gedichte, die ich ihr rezitierte, das Kuchenessen im Teesalon von Rouen machten aus uns eine verschworene Gemeinschaft, von der er ausgeschlossen war. Er begleitete mich zur Kirmes, in den Zirkus, in die Filme von Fernandel, brachte mir das Fahrradfahren bei und lehrte mich, das Gemüse im Garten zu erkennen. Mit ihm amüsierte ich mich, mit ihr machte ich »Konversation«. Sie war von den beiden die dominierende Figur, das Gesetz.

Unschärfer sind die Bilder von ihr, als sie auf die Fünfzig zugeht. Immer noch lebhaft und kräftig, großzügig, mit blonden oder rotblonden Haaren, allerdings oft mit verärgertem Gesicht, wenn sie nicht mehr gezwungen war, ihre Kunden anzulächeln. Sie neigte dazu, ein Ereignis oder eine harmlose Bemerkung zum Anlaß zu nehmen, um ihre Wut über ihre Lebensbedingungen abzuladen (die kleinen Läden des Viertels wurden von den neuen Geschäften in den wiederaufgebauten Stadtzentren bedroht), und sich mit ihren Geschwistern zu überwerfen. Nach dem Tod meiner Großmutter trug sie lange Zeit Trauer und nahm die Gewohnheit an, die Woche über die Frühmesse zu besuchen. Etwas »Romantisches« in ihr war erloschen.

1952. In jenem Sommer wurde sie sechsundvierzig. Wir fuhren im Bus nach Etretat, wo wir den ganzen Tag verbrachten. Sie klettert durch das

Gras auf die Klippen, in einem großblumig gemusterten Kleid aus blauem Krepp. Sie hatte es hinter einem Felsen übergestreift, statt ihres Trauerkostüms, das sie wegen der Leute des Viertels bei der Abfahrt angezogen hatte. Sie trifft nach mir auf dem Grat ein, außer Atem, unter dem Puder glänzt ihr Gesicht vor Schweiß. Ihre Regel war seit zwei Monaten ausgeblieben.

Als Jugendliche habe ich mich von ihr gelöst, und zwischen uns herrschte nur noch Kampf.

In der Welt, in der sie jung gewesen war, hatte nicht einmal die Frage nach der Freiheit der Mädchen zur Diskussion gestanden, und wenn doch, dann nur in einem Vokabular des Verderbens. Über Sexualität wurde nur in Form von Zoten geredet, die für »junge Ohren« verboten waren, oder in Form eines Urteils der Gesellschaft, als gutes oder schlechtes Verhalten. Sie hat mir gegenüber nie etwas erwähnt, und ich hätte nicht gewagt, sie irgend etwas zu fragen, galt Neugier doch bereits als der Anfang des Lasters. Zum gegebenen Zeitpunkt gestand ich ihr mit Schrecken, daß ich meine Regel hatte, sprach zum ersten Mal dieses Wort vor ihr aus, sie errötete, als sie mir eine Binde hinhielt, ohne mir zu erklären, wie ich sie benutzen sollte. Sie sah es nicht gerne, daß ich allmählich erwachsen wurde. Wenn sie mich unbekleidet sah, schien mein Körper ihr Abscheu einzuflößen. Wahrscheinlich stellte es eine Bedrohung dar, Busen und Hüften zu haben, die Gefahr, daß ich den Jungen nachlief und kein Interesse mehr für das Lernen aufbrachte. Sie versuchte, mein Kindsein zu bewahren, gab mich in der Woche, in der ich vierzehn wurde, für dreizehn aus, kleidete mich in Plisseeröcke, Socken und flache Schuhe. Bis ich achtzehn war, drehten sich unsere Auseinandersetzungen fast immer um das Ausgehverbot und um die Wahl der Kleidungsstücke (zum Beispiel ihr ständiger Wunsch, daß ich draußen einen Hüfthalter trug: »Dann wärest du besser angezogen«). Sie verstieg sich in einen Zorn, der, gemessen am Thema, offensichtlich übertrieben war: »Du wirst *doch nicht etwa so* auf die Straße gehen!« (in diesem Kleid, mit dieser Frisur und so weiter), mir allerdings normal erschien. Wir wußten alle beide Bescheid, sie über meinen Wunsch, den Jungen zu gefallen, ich über ihre permanente Angst, mir könne »ein Unglück zustoßen«, was bedeutete, daß ich mit dem Erstbesten schlafen und schwanger werden könnte.

Manchmal bildete ich mir ein, daß ihr Tod mir nichts ausmachen würde.

Beim Schreiben sehe ich bald die »gute«, bald die »schlechte« Mutter vor mir. Um diesem Schwanken zu entrinnen, dessen Ursachen weit in die Kindheit zurückreichen, versuche ich, so zu beschreiben und zu erklären, als handele es sich um eine andere Mutter und eine andere Tochter als mich. Deshalb schreibe ich so neutral wie möglich, aber bei gewissen Ausdrükken (»Wenn dir ein Unglück passiert!«) gelingt es mir nicht, so unbeteiligt zu sein wie bei anderen, abstrakten Worten (wie zum Beispiel »der körperlichen und der sexuellen Verweigerung«). In dem Moment, wo ich sie mir ins Gedächtnis zurückrufe, empfinde ich wieder die gleiche Entmutigung wie im Alter von sechzehn, sogleich verschwimmt das Bild der Frau, die mein Leben am stärksten geprägt hat, mit dem jener afrikanischen Mütter, die ihren kleinen Töchtern die Arme auf den Rücken drücken, während die beschneidende Matrone ihnen die Klitoris kappt.

Sie ist nicht mehr mein Vorbild. Ich bin empfänglich für das Frauenbild geworden, auf das ich im *Echo der Mode* stieß und dem die Mütter meiner kleinbürgerlichen Schulkameradinnen nahekamen: schmale, zurückhaltende Personen, die kochen konnten und ihre Töchter mit »*ma chérie*« (mein Liebling) anredeten. Ich fand meine Mutter auffällig. Wenn sie eine Weinflasche öffnete, die sie zwischen ihre Beine geklemmt hatte, wandte ich meine Augen ab. Ich schämte mich wegen der Ruppigkeit ihres Tons und ihres Benehmens, und das um so heftiger, als ich fühlte, wie sehr ich ihr ähnelte. Ich machte ihr zum Vorwurf, daß sie so war, wie ich, die im Begriff war, mich in einem anderen Milieu anzusiedeln, nicht mehr erscheinen wollte. Und ich entdeckte, daß zwischen dem Wunsch, sich zu bilden, und der tatsächlichen Bildung Welten lagen. Meine Mutter benötigte ein Lexikon, um zu sagen, wer van Gogh war, und von den großen Schriftstellern kannte sie nur die Namen. Sie wußte nicht, auf welche Weise ich lernte. Ich hatte sie zu sehr bewundert, um es ihr – mehr noch als meinem Vater – nicht zu verübeln, daß sie mich nicht begleiten konnte, daß sie mir in der Welt der Schule und der von Freundinnen mit Bibliothek im Wohnzimmer nicht beistand, sondern mir nur ihre Besorgnis und ihre Verdächtigungen mit auf den Weg geben konnte: »Mit wem warst du zusammen?«, »Arbeitest du wenigstens?«

Bei jeder Gelegenheit sprachen wir nur in zänkischem Ton miteinander. Ich setzte all ihren Versuchen, die alte Vertrautheit zu wahren (»Seiner Mutter kann man alles sagen«), die inzwischen unmöglich geworden war, mein Schweigen entgegen. Wenn ich ihr von Wünschen erzählte, die nichts mit dem Lernen zu tun hatten (Reisen, Sport, Feten), oder über Politik diskutierte (es herrschte Krieg mit Algerien), hörte sie mir zunächst mit Freuden zu, glücklich darüber, daß ich sie ins Vertrauen zog, doch dann wurde sie plötzlich heftig: »Hör auf, dir all das in den Kopf zu setzen, die Schule geht vor!«

Ich begann, die gesellschaftlichen Konventionen, die religiösen Praktiken, das Geld zu verachten. Ich schrieb Gedichte von Rimbaud und Prévert ab, klebte Fotos von James Dean auf meine Heftumschläge, hörte *La mauvaise Réputation* von Brassens, langweilte mich. Ich lebte meine jugendliche Revolte auf romantische Weise aus, als ob meine Eltern Vertreter des Bürgertums gewesen wären. Ich identifizierte mich mit verkannten

Künstlern. Für meine Mutter hatte Revoltieren einzig und allein den Sinn, sich gegen die Armut aufzulehnen, und einzig und allein eine Form, nämlich arbeiten, Geld verdienen und ebenso wohlhabend wie die anderen werden. Daraus erklärt sich ihr bitterer Vorwurf, den ich ebensowenig verstand, wie sie meine Haltung begriff: »Hätten wir dich in die Fabrik gesteckt, wärst du jetzt nicht so. Du weißt nicht, wie gut du es hast.« Und dann noch diese wütende Überlegung an meine Adresse: »Jetzt geht sie schon ins Pensionat, taugt aber auch nicht mehr als die anderen.«

In gewissen Augenblicken war die Tochter, die ihr gegenüberstand, eine Klassenfeindin.

Ich träumte nur noch davon, das Elternhaus zu verlassen. Sie willigte ein, mich nach Rouen aufs Gymnasium gehen zu lassen, später nach London, war zu allen Opfern bereit, damit ich ein besseres Leben führen konnte als sie, selbst zu dem größten Opfer, sich von mir zu trennen. Fern von ihrer Aufsicht ging ich den Dingen auf den Grund, die sie mir verboten hatte. Erst stopfte ich mich mit Essen voll, dann stellte ich wochenlang die Nahrungszufuhr ein, bis mich Schwindel befiel, bevor ich mit der Freiheit umgehen konnte. Ich vergaß unsere Konflikte. Als Studentin an der geisteswissenschaftlichen Fakultät hatte ich ein geschöntes Bild von ihr, frei von Geschrei und Heftigkeit. Ich war mir ihrer Liebe sicher und wußte auch genau um diese Ungerechtigkeit, daß sie von morgens bis abends Kartoffeln und Milch verkaufte, damit ich in einem Hörsaal sitzen und eine Vorlesung über Platon hören konnte.

Ich war glücklich, wenn ich sie wiedersah. Sie fehlte mir nicht. Ich kehrte vor allem dann wieder zu ihr zurück, wenn ich wegen einer Liebesgeschichte unglücklich war, von der ich ihr nicht erzählen konnte, obwohl sie mir unterdessen flüsternd anvertraute, wer aus der Nachbarschaft mit wem ging und wer eine Fehlgeburt gehabt hatte. Es herrschte die stillschweigende Übereinkunft, daß ich inzwischen alt genug war, diese Sachen zu erfahren, selbst aber nie davon betroffen sein würde.

Wenn ich ankam, stand sie hinter der Theke. Die Kunden drehten sich um. Sie errötete leicht und lächelte. Wir umarmten uns erst in der Küche, sobald die letzte Kundin gegangen war. Fragen zur Fahrt, zum Studium, das »Gib mir deine Sachen, die gewaschen werden müssen« und »Ich habe dir seit deiner Abreise alle Zeitungen aufbewahrt«. Zwischen uns herrschte die Liebenswürdigkeit, ja, beinahe Schüchternheit, von Leuten, die nicht mehr zusammenleben. Jahrelang bestand unsere Beziehung allein aus diesen Augenblicken der Rückkehr.

Mein Vater wurde am Magen operiert. Er ermüdete schnell und hatte nicht mehr die Kraft, Kisten zu heben. Sie übernahm das und arbeitete für zwei, ohne sich zu beklagen, fast mit Befriedigung. Seitdem ich nicht mehr da war, stritten sie sich weniger, sie kam ihm wieder näher, nannte ihn oft zärtlich »meinen Vater«, zeigte für seine Gewohnheiten wie das Rauchen mehr Verständnis: »Er muß auch eine kleine Freude haben.« Im Sommer fuhren sie sonntags im Auto auf dem Land spazieren oder besuchten ihre Vettern. Im Winter ging sie in den Abendgottesdienst, danach alten Leuten guten Tag sagen. Sie nahm den Rückweg über das Zentrum, wo sie in einer Einkaufspassage, in der die Jugend sich nach dem Kino versammelte, zum Fernsehen stehenblieb.

Die Kunden sagten immer noch, sie sei eine schöne Frau. Sie trug ihre Haare immer noch gefärbt, hatte hohe Absätze, aber Flaum auf dem

Kinn, den sie heimlich versengte, und eine bifo-
kale Brille. (Vergnügen und insgeheim Befriedigung meines Vaters, als er an diesen Anzeichen
erkannte, daß der Vorsprung an Jugend schwand,
den sie ihm gegenüber hatte.) Sie trug keine leichten Kleider in leuchtenden Farben mehr, sondern
nur noch graue oder schwarze Kostüme, sogar im
Sommer. Weil es ihr so angenehmer war, steckte
sie ihre Bluse nicht in den Rock.
Ich glaubte bis zu meinem zwanzigsten Lebensjahr, daß ich dafür verantwortlich sei, daß sie
alterte.

             Keiner weiß, daß ich über
sie schreibe. Aber ich schreibe nicht über sie, ich
habe vielmehr den Eindruck, mit ihr zu leben, in
einer Zeit und an Orten, wo sie lebendig ist.
Manchmal stoße ich im Haus auf Gegenstände,
die ihr gehört haben, vorgestern auf ihren Finger-
hut, den sie auf den Finger zu stecken pflegte, der
in der Seilerei von einer Maschine zerquetscht
worden war. Sogleich überwältigt mich die Empfindung, daß sie tot ist, ich bin wieder in der realen
Zeit, in der sie nie wieder sein wird. Unter diesen
Umständen hat es keine Bedeutung, ein Buch
»herauszubringen«, es sei denn die, den endgülti-
gen Tod meiner Mutter festzuschreiben. Ich habe

Lust, diejenigen zu beschimpfen, die mich lächelnd fragen: »Wann erscheint denn Ihr nächstes Buch?«

Solange ich noch nicht verheiratet war, gehörte ich ihr, selbst als ich weit entfernt von ihr lebte. Der Familie und den Kunden, die sie über mich ausfragten, antwortete sie immer: »Zum Heiraten bleibt ihr immer noch Zeit. In ihrem Alter ist noch nichts verloren.« Und sofort rief sie laut: »Ich will sie nicht halten. Das Leben besteht nun einmal daraus, einen Mann und Kinder zu haben.« Als ich ihr in einem Sommer mitteilte, daß ich plante, einen Studenten der Politischen Wissenschaften aus Bordeaux zu heiraten, zitterte sie, errötete, suchte Hinderungsgründe und fiel in das bäuerliche Mißtrauen zurück, das sie eigentlich für rückständig hielt: »Das ist doch kein Junge von hier.« Dann, inzwischen ruhiger, sogar froh geworden, in einer Kleinstadt, in der die Heirat ein wesentliches Merkmal ist, um die Leute einzuordnen, sagte sie, daß man nicht behaupten könne, ich hätte »einen Arbeiter genommen«. Der Kauf von Löffeln und Kochgeschirr, die Vorbereitungen für den »großen Tag«, später die Kinder, schweißten uns wieder zusammen und schufen eine neue Form der Vertrautheit. Eine andere wird es zwischen uns nicht mehr geben.

Mein Mann und ich hatten den gleichen Wissens- und Interessenhorizont, wir diskutierten über Sartre und die Freiheit, sahen uns Filme von Antonioni an, hatten die gleichen linken Ansichten über Politik, stammten aber nicht aus den gleichen Kreisen. In seinen war man nicht richtig reich, hatte aber die Universität besucht, redete über alles in gewählten Worten, spielte Bridge. Die Mutter meines Mannes war ebenso alt wie meine, ihr Körper war schlank geblieben, ihr Gesicht glatt, ihre Hände gepflegt. Sie konnte jedes beliebige Klavierstück vom Blatt spielen und war eine »perfekte Gastgeberin« (der »herrlich naive« Typ Frau, den man in Boulevardstücken im Fernsehen sieht, so um die fünfzig, mit Perlenkette über der Seidenbluse). Gegenüber diesen Kreisen war meine Mutter hin- und hergerissen zwischen der Bewunderung, die deren gute Erziehung, Eleganz und Bildung ihr einflößten, dem Stolz zu erleben, daß ihre Tochter nun dazugehörte, und der Angst, hinter der Maske einer ausgesuchten Höflichkeit verachtet zu werden. Das gesamte Ausmaß ihres Gefühls der Unwürdigkeit, einer Unwürdigkeit, von der sie mich nicht ausnahm (um es auszulöschen, mußte vielleicht erst noch eine Generation entstehen), ist an jenem Satz abzulesen, den sie mir am Morgen meiner Hochzeit sagte: »Versuche, deinen Haushalt gut zu führen, es darf nicht passieren, daß er dich *wieder wegschickt*!« Und von meiner Schwiegermutter sprach sie vor einigen Jahren so: »Es ist deutlich zu sehen, daß diese Frau nicht so aufgewachsen ist wie *wir*.«

Da sie befürchtete, nicht um ihrer selbst willen geliebt zu werden, hoffte sie, es wegen ihrer Geschenke zu werden. Sie wollte uns in unserem letzten Studienjahr finanziell unterstützen, später erkundigte sie sich ständig danach, mit welchen Dingen sie uns eine Freude bereiten könne. Die andere Familie hatte Humor, Originalität und fühlte sich zu nichts verpflichtet.

Wir lebten zunächst in Bordeaux, dann in Annecy, wo mein Mann einen leitenden Posten in der Verwaltung bekam. Zwischen Küche, Kind und dem Unterricht in einem vierzig Kilometer entfernten Gymnasium in den Bergen wurde nun auch ich eine Frau, die keine Zeit hat. Ich dachte nur selten an meine Mutter, sie war so weit weg wie mein Leben vor der Heirat. Ich antwortete kurz auf die Briefe, die sie uns alle vierzehn Tage schickte und die immer mit »meine teuren Kinder« begannen. Unablässig bedauerte sie darin, daß sie zu weit entfernt sei, um uns zu helfen. Einmal im Jahr besuchte ich sie für einige Tage im Sommer. Ich schilderte ihr Annecy, die Wohnung, die Wintersportorte. Sie war mit meinem Vater der Meinung: »Es geht euch gut, das ist die Hauptsache«. Wenn wir beide allein waren, schien sie begierig darauf zu warten, von mir Geständnisse über meinen Mann und meine Bezie-

hung zu ihm zu hören, und darüber enttäuscht zu
sein, daß sie sich – wegen meines Schweigens –
nicht jene Frage beantworten konnte, die sie mehr
als alles andere beschäftigen mußte: »Ob er sie
wenigstens glücklich macht?«

1967 starb mein Vater
binnen vier Tagen an einem Infarkt. Ich kann diese
Augenblicke nicht beschreiben, weil ich das schon
in einem anderen Buch getan habe.* Das bedeutet, daß ein anderer Bericht, mit anderen Worten
und einer anderen Abfolge von Sätzen, darüber
nie möglich sein wird. Ich will nur berichten, daß
ich meine Mutter wieder vor mir sehe, wie sie meinem Vater nach seinem Tod das Gesicht wäscht,
ihm die Ärmel eines sauberen Hemdes und seinen
Sonntagsanzug überstreift. Dabei beruhigte sie
ihn mit freundlichen Worten wie ein kleines Kind,
das man sauber macht und in den Schlaf singt.
Angesichts dieser einfachen und präzisen Handgriffe kam mir der Gedanke, sie habe immer schon
gewußt, daß er vor ihr sterben würde. Am ersten
Abend legte sie sich zum Schlafen noch neben ihn
ins Bett. Bis der Bestatter ihn forttrug, ging sie zwi-

* Annie Ernaux: Das bessere Leben (Fischer Taschenbuch Nr. 9249)

schen zwei Kunden zu ihm hoch, um nach ihm zu sehen, genau wie in den vier Tagen seiner Krankheit.

Nach der Beerdigung wirkte sie erschöpft und traurig. Sie gestand mir: »Es ist hart, seinen Partner zu verlieren.« Sie führte ihren Laden weiter wie zuvor. (Ich habe vor kurzem in einer Zeitung gelesen: »Verzweiflung ist Luxus.« Wahrscheinlich ist auch dieses Buch Luxus, zu dessen Niederschrift ich Zeit und Mittel habe, seit ich meine Mutter verloren habe.)

Sie sah die übrige Familie nun häufiger, schwatzte im Laden stundenlang mit jungen Frauen, schloß das Café später, in dem zunehmend die Jugend verkehrte. Sie aß viel, war wieder sehr kräftig und redselig, mit der Tendenz, sich wie ein junges Mädchen anzuvertrauen, geschmeichelt, weil sie mir erzählen konnte, daß zwei Witwer sich für sie interessiert hatten. Im Mai '68 am Telefon: »Hier tut sich auch was, es tut sich was!« Dann, im folgenden Sommer, plädierte sie für die Wiederherstellung der Ordnung. (Später empörte sie sich darüber, daß die Linken in Paris den Delikatessenladen von Fauchon verwüstet hatten, den sie sich wie ihren Laden vorstellte, nur größer.)

In ihren Briefen versicherte sie, daß sie keine Zeit habe, sich zu langweilen. Aber im Grunde genommen hoffte sie nur eines, bei mir zu leben. Eines Tages, schüchtern: »Wenn ich zu dir käme, könnte ich mich um deinen Haushalt kümmern.«

In Annecy dachte ich an sie mit Schuldgefühlen. Wir wohnten in einem »großen bürgerlichen Haus«, hatten ein zweites Kind. Und sie »hatte nichts davon«. Ich stellte sie mir mit ihrem Enkel vor, unter angenehmen Lebensbedingungen, die sie, wie ich glaubte, zu schätzen wüßte, da sie sie für mich gewollt hatte. 1970 verkaufte sie ihr Geschäft, für das sich kein Interessent fand, als Privathaus und zog zu uns.

Das war an einem milden Januartag. Sie traf am Nachmittag mit dem Umzugswagen ein, während ich im Gymnasium war. Als ich heimkam, bemerkte ich sie im Garten, wo sie, ihren einjährigen Enkel fest in ihre Arme gedrückt, den Transport der Möbel und der Kisten mit ihren restlichen Konserven überwachte. Ihre Haare waren ganz weiß, sie lachte, war von überströmender Vitalität. Schon von weitem rief sie: »Du bist pünktlich!« Mit einem Schlag machte ich mir mit Beklommenheit bewußt: »Von nun an wird sich mein Leben immer vor ihren Augen abspielen.«

Zu Anfang war sie weniger glücklich als erwartet. Von heute auf morgen hatte ihr Leben als Geschäftsfrau ein Ende gefunden, die Angst vor den Zahlterminen, die Erschöpfung, aber auch das Kommen und Gehen und die Gespräche der Kundschaft, der Stolz, »eigenes« Geld zu verdienen. Sie war nur noch »Großmutter«, sie kannte niemanden in der Stadt, und zum Reden hatte sie nur uns. Abrupt war die Welt düster und eng geworden, sie fühlte sich leer.

Und auch das: Bei ihren Kindern zu leben hieß eine Lebensweise teilen, die sie mit Stolz erfüllte. (Zu ihrer eigenen Familie sagte sie: »Sie leben in guten Verhältnissen!«) Bedeutete auch, die Putzlappen nicht auf dem Heizkörper im Flur zu trocknen, »sorgfältig mit den Sachen umzugehen« (Schallplatten, Kristallvasen), auf die »Hygiene« zu achten (den Kindern nicht mit dem eigenen Taschentuch die Nase zu putzen). Zu entdecken, daß man dem, was für sie wichtig gewesen war, keine Bedeutung beimaß, den Lokalnachrichten, Verbrechen, Unfällen, guten Beziehungen mit der

Nachbarschaft, der ständigen Furcht, die Leute zu »stören« (wegen dieser Sorgen war sie sogar über Gelächter schockiert). Sie mußte inmitten einer Welt leben, von der sie einerseits aufgenommen und andererseits ausgegrenzt wurde. Eines Tages stellte sie wütend fest: »Ich passe nicht gut in diesen Rahmen.«

Also nahm sie nicht ab, wenn das Telefon in ihrer Nähe klingelte, klopfte demonstrativ an, bevor sie das Wohnzimmer betrat, wo ihr Schwiegersohn sich im Fernsehen ein Fußballspiel ansah, verlangte ununterbrochen nach Arbeit: »Wenn man mir nichts zu tun gibt, dann bleibt mir nur noch übrig zu gehen!« Und halbherzig lachend, setzte sie hinzu: »Ich muß schließlich für meine Unterkunft bezahlen!« Wegen dieser Einstellung gab es Szenen zwischen uns beiden, ich warf ihr vor, sich mit Absicht zu erniedrigen. Ich habe lange gebraucht, bis ich verstand, daß meine Mutter in meinem eigenen Haus das Unbehagen empfand, das auch ich gefühlt hatte, als ich als Jugendliche in »besseren Kreisen« als unseren verkehrt hatte (als sei es nur den »Niedrigeren« gegeben, wegen Unterschieden zu leiden, die den anderen unwesentlich erscheinen). Und daß sie, indem sie vorgab, sich als eine Angestellte zu betrachten, instinktiv die tatsächliche kulturelle Überlegenheit ihrer *Le Monde* lesenden und Bach hörenden Kinder in eine – eingebildete – wirtschaftliche Überlegenheit des Arbeitgebers gegenüber dem Arbeiter verwandelte: eine Form des Aufbegehrens.

Sie lebte sich ein, entdeckte die Möglichkeit, ihre Energie und ihre Begeisterung in die Beaufsichtigung ihrer Enkel und teilweise in die Pflege des Hauses zu stecken. Sie bemühte sich, mich von allen körperlichen Arbeiten zu entlasten, und bedauerte es, daß sie mir das Kochen, die Einkäufe und das Anstellen der Waschmaschine, die sie sich nicht zu benutzen traute, überlassen mußte, denn sie wollte den einzigen Bereich, in dem sie Anerkennung fand und sich nützlich fühlte, keinesfalls mit jemandem teilen. Sie war wieder die Mutter von früher, die jede Hilfe ablehnte, mit derselben Mißbilligung, wenn sie sah, daß ich mit meinen Händen arbeitete: »Laß das, du hast Besseres zu tun!« (Als ich zehn Jahre alt war, bedeutete das, meine Hausaufgaben zu machen, nun, meinen Unterricht vorzubereiten, mich wie eine Intellektuelle zu verhalten.) Erneut redeten wir uns gegenseitig in diesem eigenartigen Ton an, in dem sich Verärgerung und anhaltende Vorwürfe ausdrückten und der ständig und zu Unrecht den Eindruck erweckte, daß wir uns stritten, ein Ton zwischen Mutter und Tochter, den ich in jeder beliebigen Sprache erkennen würde.

Sie liebte ihre Enkel über alles und widmete sich ihnen ohne Einschränkungen. Am Nachmittag brach sie mit dem Jüngsten im Kinderwagen zur Erkundung der Stadt auf. Sie ging in die Kirchen, blieb stundenlang auf der Kirmes, bummelte durch die alten Viertel und kam erst im Dunkeln zurück. Im Sommer stieg sie mit den beiden Kindern auf den Hügel von Annecy-le-Vieux, nahm sie mit zum See, erfüllte ihre Wünsche nach Bonbons, Eis und Karussellfahren. Auf den Bänken knüpfte sie Bekanntschaft mit Leuten, die sie später regelmäßig wiedertraf, schwatzte mit der Bäckersfrau aus unserer Straße, schuf sich wieder eine eigene Welt.

Und sie las *Le Monde* und *Le Nouvel Observateur*, ging zu einer Freundin »zum Tee« (lachend gestand sie: »Mir liegt nichts daran, aber das behalte ich für mich!«), sie interessierte sich für Antiquitäten (»Das ist bestimmt wertvoll«). Ihr rutschten keine Schimpfwörter mehr heraus, sie bemühte sich, die Dinge »vorsichtig« zu behandeln, kurzum, sie hatte sich »unter Kontrolle«, bekämpfte ihre Heftigkeit von allein. Sie war sogar stolz darauf, im Alter das Wissen erworben zu haben, das den Frauen des Bürgertums aus ihrer Generation bereits in der Jugend eingetrichtert worden war, ebenso wie das perfekte Aussehen eines »Interieurs«.

Sie trug damals nur noch helle Farben, niemals Schwarz.

Auf einem Foto vom September 1971 strahlt sie, ihre Haare sind sehr weiß, in einer mit Arabesken bedruckten Bluse von Rodier wirkt sie schlanker als je zuvor. Sie bedeckt mit ihren Händen die Schultern ihrer Enkelsöhne, die vor ihr stehen. Es sind dieselben großen, geschlossenen Hände wie auf ihrem Hochzeitsfoto.

Mitte der siebziger Jahre ist sie uns in die Pariser Region gefolgt, in eine moderne Trabantenstadt, die sich noch im Bau befand und wo mein Mann einen höheren Posten bekommen hatte. Wir bewohnten einen Flachbau in einer neuen Siedlung, mitten im freien Feld. Geschäfte und Schulen waren zwei Kilometer entfernt. Die Bewohner waren nur abends zu sehen. Am Wochenende wuschen sie ihre Autos und gingen von der Etage hinunter in die Garage. Es war ein öder, anonymer Ort, wo man sich haltlos fühlte, wo Empfindungen und Gedanken erstarben.

Sie gewöhnte sich nicht an das Leben dort. Nachmittags spazierte sie durch die Rosen-, Narzissen- und Kornblumenstraße, die leer waren. Sie schrieb ihren Freundinnen in Annecy und ihrer Familie zahlreiche Briefe. Manchmal kam sie über unbefestigte Wege, wo die vorbeifahrenden Autos sie mit Schlamm bespritzten, bis zum Einkaufszentrum *Leclerc* jenseits der Autobahn. Stets kehrte sie mit verschlossenem Gesicht zurück. Es belastete sie, daß sie selbst für ihre kleinsten Bedürfnisse, ein Paar Strümpfe, den Gang zur Messe oder zum Friseur, auf mich und mein Auto angewiesen war. Sie wurde reizbar, beschwerte sich: »Man kann nicht dauernd lesen!« Die Anschaffung einer Spülmaschine war fast eine Demütigung für sie, da ihr damit eine Beschäftigung genommen wurde: »Was bleibt mir denn nun noch zu tun?« Sie redete nur mit einer einzigen Frau aus der Siedlung, einer Büroangestellten von den Antillen-Inseln.

Nach sechs Monaten beschloß sie, noch einmal nach Yvetot zurückzukehren. Sie zog in eine ebenerdige Altenwohnung in der Nähe des Zentrums, war glücklich über die wiedergefundene Unabhängigkeit und das Wiedersehen mit der letzten ihrer Schwestern – die anderen waren tot –, mit ehemaligen Kundinnen und verheirateten Nichten, von denen sie an Festtagen und zu Kommunionsfeiern eingeladen wurde. Sie lieh sich in der Stadtbibliothek Bücher aus, reiste im Oktober mit der Wallfahrt der Diözese nach Lourdes. Aber allmählich wiederholte sich auch alles, was in einem arbeitsfreien Leben zwangsläufig ist, kam Verärgerung darüber auf, daß in der Nachbarschaft nur Alte wohnten (ihre heftige Weigerung, an den Aktivitäten des »Seniorenclubs« teilzunehmen), und sicherlich insgeheim diese Unzufriedenheit, daß die Leute der Stadt, in der sie fünfzig Jahre gelebt hatte, niemals den Erfolg ihrer Tochter und ihres Schwiegersohns mit eigenen Augen sehen würden, obwohl sie im Grunde die einzigen Menschen waren, denen sie ihn gern vorgewiesen hätte.

Dieses Ein-Zimmer-Appartement sollte ihre letzte eigene Wohnung sein. Ein etwas dunkler Raum mit einer Kochecke, der auf einen kleinen Garten hinausführte, eine Nische für das Bett und den Nachttisch, ein Bad, eine Sprechanlage, die eine Verbindung mit der Frau ermöglichte, von der die Wohnanlage beaufsichtigt wurde. Es war ein Ort, der alle Gesten reduzierte und wo es im übrigen nichts zu tun gab außer dazusitzen, fernzusehen, auf den Beginn des Abendessens zu warten. Jedesmal, wenn ich sie besuchte, wiederholte sie mit einem Blick auf ihre Umgebung: »Ich wäre sehr anspruchsvoll, wenn ich mich beklagen würde.« Sie erschien mir noch zu jung, um dort zu leben.

Wir saßen uns dann gegenüber und aßen gemeinsam zu Mittag. Anfangs hatten wir uns sehr viel zu sagen, sprachen über die Gesundheit, die Schulnoten der Jungen, über die neuen Geschäfte, die

Ferien, wir fielen uns ins Wort, doch sehr schnell kam das Schweigen. In alter Gewohnheit versuchte sie, das Gespräch wieder in Gang zu bringen: »Wie soll ich sagen...« Einmal kam mir der Gedanke: »Dieses Appartement ist der einzige Ort, an dem meine Mutter seit meiner Geburt gewohnt hat, ohne daß auch ich bei ihr lebe.« In dem Augenblick, wo ich aufbrechen wollte, holte sie ein Schreiben der Verwaltung hervor, das man ihr erklären mußte, oder suchte überall nach einem Schönheits- oder Putztip, den sie für mich zur Seite gelegt hatte.

Ich empfing sie lieber bei uns zu Hause, anstatt sie zu besuchen, denn es schien mir einfacher, sie vierzehn Tage in unser Leben zu integrieren, als drei Stunden ihres Lebens zu teilen, in dem sich nichts mehr ereignete. Sobald sie eingeladen war, eilte sie herbei. Wir hatten die Wohnung in der Neubausiedlung verlassen und waren in das alte Dorf gezogen, das an die Trabantenstadt grenzte. Dieser Ort gefiel ihr. Sie erschien auf dem Bahnsteig, oft in einem roten Kostüm, mit ihrem Koffer, den sie sich keinesfalls von mir abnehmen lassen wollte. Kaum angekommen, jätete sie die Blumenbeete. Im Sommer, als sie sich mit uns einen Monat im Departement Nièvre aufhielt, machte sie sich allein auf den Weg, kam mit mehreren Kilo Brombeeren und zerkratzten Beinen zurück. Sie sagte nie: »Dazu bin ich zu alt!« Zum Beispiel, um mit den Jungen zum Angeln, auf die Trône-Kirmes oder spät schlafen zu gehen.

1979 wurde sie an einem Dezemberabend auf der Nationalstraße 15 von einem Citroën umgemäht, der die rote Ampel am Fußgängerüberweg, auf dem sie sich befand, nicht beachtet hatte. (Aus dem Artikel der Lokalzeitung ging hervor, daß der Autofahrer keine Chance gehabt habe, »die Sicht war wegen der vorangegangenen Regenfälle ausgesprochen schlecht«, und »die Blendung durch entgegenkommende Wagen verstärkte möglicherweise die anderen Ursachen, die dazu führten, daß der Autofahrer die Siebzigjährige nicht sah«). Sie hatte ein gebrochenes Bein und ein Schädeltrauma. Eine Woche blieb sie bewußtlos. Der Chirurg der Klinik vermutete, daß ihre robuste Konstitution sich durchsetzen würde. Sie schlug um sich, versuchte den Tropf abzureißen und ihr Gipsbein anzuheben. Sie rief ihrer blonden Schwester, die vor zwanzig Jahren gestorben war, zu, sie solle aufpassen, ein Auto rolle auf sie zu. Ich betrachtete ihre nackten Schultern, ihren Körper, sah sie zum ersten Mal hilflos und mit Schmerzen. Ich hatte den Eindruck, die junge Frau vor mir zu haben, die mich in einer Kriegsnacht durch eine schwierige Geburt zur Welt gebracht hatte. Entsetzt wurde mir klar, daß sie sterben konnte.

Sie erholte sich wieder, lief ebensogut wie vorher. Sie wollte ihren Prozeß gegen den Fahrer des Citroën gewinnen, unterzog sich allen medizinischen Begutachtungen mit einer Art entschlossener Hemmungslosigkeit. Man sagte ihr, daß sie Glück gehabt habe, daß sie so gut davongekommen sei. Sie war stolz darauf, als sei das Auto, das gegen sie gerast war, ein Hindernis gewesen, das sie wie gewohnt überwunden hatte.

Sie veränderte sich. Sie deckte den Tisch immer früher, morgens um elf, abends um halb sieben. Sie las nur noch *France-Dimanche* und die Fotoromane, die eine junge Frau, eine ehemalige Kundin, ihr vorbeibrachte (wenn ich zu Besuch kam, versteckte sie diese Lektüre in der Anrichte). Sie stellte den Fernseher bereits morgens an – damals gab es dann noch keine Sendungen, sondern nur Musik und das Testbild –, ließ ihn den ganzen Tag laufen, obwohl

sie kaum hinsah, und schlief abends davor ein. Sie
verlor schnell die Nerven, reagierte auf belanglose
Unannehmlichkeiten, eine schwer zu bügelnde
Bluse, eine Erhöhung des Brotpreises um zehn
Centimes, ständig mit: »Das widert mich an.« Au-
ßerdem neigte sie dazu, bei einem Rundschreiben
der Rentenkasse, bei einem Prospekt, der ihr mitteilte, daß sie dieses oder jenes gewonnen habe,
die Fassung zu verlieren: »Aber ich habe doch gar
nichts bestellt!« Wenn sie Annecy erwähnte, die
Spaziergänge mit den Kindern in den alten Vier-
teln, die Schwäne auf dem See, war sie kurz davor,
in Tränen auszubrechen. In ihren seltener und
kürzer gewordenen Briefen fehlten Worte. In ihrem Appartement roch es.

Ihr passierte Abenteuerliches. Sie wartete auf dem
Bahnsteig auf einen Zug, der bereits abgefahren
war. Wenn sie sich anschickte einzukaufen, fand
sie die Geschäfte geschlossen vor. Ihre Schlüssel
verschwanden unentwegt. Das Kaufhaus *La Re-
doute* lieferte ihr Artikel, die sie nie bestellt hatte.
Sie entwickelte Aggressionen gegenüber der Familie aus Yvetot, warf allen Verwandten vor, neu-
gierig auf ihr Geld zu schielen, wollte sie nicht
mehr besuchen. Eines Tages, als ich sie anrief:
»Ich habe es satt, mich in diesem Saftladen anzu-

öden.« Sie schien sich unbeschreiblichen Gefahren entgegenzustemmen.

Im Juli '83 herrschte eine sengende Hitze, sogar in der Normandie. Meine Mutter trank nichts und hatte keinen Hunger, versicherte, daß die Medikamente sie ernährten. Sie wurde in der Sonne ohnmächtig und in die medizinische Abteilung des Altenheimes gebracht. Einige Tage später ging es ihr nach Nahrungs- und Flüssigkeitszufuhr gut, sie verlangte danach, nach Hause zurückzukehren, »sonst werde ich aus dem Fenster springen«, sagte sie. Nach Ansicht des Arztes war es nicht möglich, sie künftig allein zu lassen. Er empfahl, sie in einem Altersheim unterzubringen. Ich wies diese Lösung zurück.

Anfang September fuhr ich mit dem Auto zum Altenheim, um sie endgültig zu mir zu holen. Ich hatte mich von meinem Mann getrennt und lebte mit meinen beiden Söhnen zusammen. Unterwegs dachte ich die ganze Zeit: »Jetzt werde ich mich um sie kümmern.« (Wie ich früher gedacht hatte: »Wenn ich groß bin, werde ich mit ihr Reisen unternehmen, werden wir in den Louvre gehen« und so weiter.) Es war sehr schönes Wetter. Heiter saß sie vorn im Wagen, ihre Handtasche auf den Knien. Wir sprachen wie gewohnt von den

Kindern, deren Studium, meiner Arbeit. Munter erzählte sie Geschichten über die Mitbewohnerinnen ihres Zimmers, auffallend war einzig eine seltsame Bemerkung über eine von ihnen: »Ein dreckiges Weibsbild, ich hätte ihr zwei Ohrfeigen verpassen können.« Das ist der letzte glückliche Eindruck, den ich von meiner Mutter habe.

Ihre Geschichte, die, in der sie noch ihren Platz in der Welt hat, reißt ab. Sie verlor den Verstand. Das wird »Alzheimersche Krankheit« genannt, ein Name, mit dem die Ärzte eine Form des Altersschwachsinns bezeichnen. Seit einigen Tagen fällt mir das Schreiben immer schwerer, vielleicht, weil ich mir wünschen würde, nie an diesen Punkt zu gelangen. Dennoch weiß ich, daß ich nicht leben kann, ohne durch das Schreiben die schwachsinnige Frau, zu der sie geworden ist, mit der starken, eindrucksvollen Person, die sie gewesen war, in Verbindung zu bringen.

Sie verirrte sich in den verschiedenen Räumen des Hauses und fragte mich oft zornig, wie sie ihr Zimmer finden könnte. Sie verlegte ihre Sachen (immer kam dann der Satz: »Ich schaffe es nicht, die Hand darauf zu halten«), war fassungslos, wenn sie sie an Orten entdeckte, von denen sie sich weigerte zu glauben, daß sie selbst sie dort abgelegt hatte. Sie forderte Näharbeit, Bügelwäsche, zu putzendes Gemüse, verlor aber bei jeder Aufgabe sofort die Nerven. Sie lebte fortan in einer ständigen Ungeduld, wartete auf das Fernsehen, das Mittagessen, den Spaziergang im Garten, und ein Verlangen folgte dem nächsten, ohne ihr Befriedigung zu verschaffen.

Am Nachmittag setzte sie sich wie früher mit ihrem Adreßbuch und ihrem Schreibblock an den Wohnzimmertisch. Nach einer Stunde zerriß sie die Briefe, die sie begonnen hatte, unfähig weiterzuschreiben. In einem von ihnen vom November stand: »Liebe Paulette, ich bin noch immer umnachtet.«

Dann vergaß sie, wie die Dinge geordnet waren und wie sie funktionierten, wußte nicht mehr, wie Gläser und Teller auf den Tisch gestellt werden, wie das Licht im Zimmer gelöscht wird. (Sie stieg auf einen Stuhl und versuchte, die Birne herauszuschrauben.)

Sie trug zerschlissene Röcke und gestopfte Strümpfe, von denen sie sich nicht trennen wollte: »Du mußt ganz schön reich sein, da du alles wegwirfst!« Die einzigen Regungen, die sie noch hatte, waren Zorn und Argwohn. Sie fühlte sich von jedem Wort bedroht. Ständig war sie von einem zwingenden Bedürfnis gequält, Haarspray zu kaufen, um ihrer Frisur Halt zu geben, zu wissen, an welchem Tag der Doktor wiederkommen würde, wieviel Geld sie auf dem Sparbuch hatte. Doch manchmal hatte sie Anfälle von gekünstelter Heiterkeit, lachte im unpassenden Moment frei heraus, um zu zeigen, daß sie nicht krank war.

Sie verstand nicht mehr, was sie las. Unentwegt auf der Suche nach etwas, wanderte sie von einem Zimmer zum anderen. Sie leerte ihren Schrank, breitete ihre Kleider, ihre kleinen Erinnerungsstücke auf dem Bett aus, räumte sie in andere Fächer wieder ein, begann am nächsten Morgen von neuem damit, als ob es ihr nicht gelänge, die ideale Anordnung zu finden. Im Januar stopfte sie an einem Samstagnachmittag die Hälfte ihrer Kleidungsstücke in Plastiksäcke, die sie oben mit Garn zunähte, um sie zu verschließen. Wenn sie nicht aufräumte, blieb sie mit verschränkten Armen im Wohnzimmer auf einem Stuhl sitzen und blickte geradeaus. Es gab nichts mehr, was sie glücklich machen konnte.

Ihr entfielen die Namen. Sie redete mich in einem

Ton weltgewandter Höflichkeit mit »Madame« an. Die Gesichter ihrer Enkel sagten ihr nichts mehr. Sie fragte sie bei Tisch, ob sie hier gut bezahlt würden, sie glaubte, sie sei auf einem Bauernhof und meine Kinder seien wie sie dort angestellt. Aber sie »durchschaute sich«, schämte sich, weil sie ihre Wäsche mit Urin besudelt hatte, versteckte sie unter dem Kopfkissen, erklärte eines Morgens kleinlaut in ihrem Bett: »Ich konnte es nicht mehr zurückhalten.« Sie machte den Versuch, sich an die Welt zu klammern, wollte unbedingt nähen, legte Hals- und Taschentücher übereinander und fügte sie mit schiefen Stichen zusammen. Sie hing an bestimmten Gegenständen, etwa an ihrer Toilettentasche, die sie immer bei sich trug, war außer sich und den Tränen nahe, wenn sie sie nicht mehr fand.

Während dieser Zeit hatte ich zwei Autounfälle, an denen ich schuld war. Das Schlucken bereitete mir Schwierigkeiten, mein Magen schmerzte. Ich brüllte aus nichtigem Anlaß und verspürte das Bedürfnis zu weinen. Manchmal dagegen brach ich mit meinen Söhnen in heftiges Gelächter aus, wir taten so, als betrachteten wir die Vergeßlichkeit meiner Mutter als einen bewußten Gag von ihr. Ich erzählte Leuten von ihr, die sie nicht kannten.

Sie sahen mich schweigend an, ich hatte das Gefühl, ebenfalls verrückt zu sein. Eines Tages fuhr ich stundenlang ziellos auf Landstraßen umher, kehrte erst in der Nacht nach Hause zurück. Ich begann eine Beziehung zu einem Mann, der mich anwiderte.

Ich wollte nicht, daß sie wieder zu einem kleinen Mädchen wurde, dazu »hatte« sie nicht das »Recht«.

Sie fing an, mit Gesprächspartnern zu reden, die nur sie allein sah. Als es das erste Mal passierte, korrigierte ich gerade Hefte. Ich stopfte mir die Ohren zu. Ich dachte: »Nun ist es vorbei.« Danach schrieb ich auf ein Stück Papier: »Mama führt Selbstgespräche.« (Ich schreibe nun die gleichen Worte, aber jetzt sind sie nicht mehr, wie damals, allein für mich bestimmt, damit das Geschehene für mich erträglich wird, sondern Worte, die es verständlich machen sollen.)

Sie mochte morgens nicht mehr aufstehen. Sie aß nur noch Milchspeisen und Süßigkeiten, alles andere erbrach sie wieder. Ende Februar beschloß der Arzt, sie ins Krankenhaus von Pontoise zu bringen, wo sie in der Abteilung für Magen-Darm-Erkrankungen aufgenommen wurde. Ihr

Zustand besserte sich in wenigen Tagen. Sie versuchte, aus der Abteilung zu entfliehen, die Krankenschwestern banden sie an ihrem Sessel fest. Ich reinigte zum ersten Mal ihr Gebiß, säuberte ihre Nägel, cremte ihr Gesicht ein.

Zwei Wochen später wurde sie in die geriatrische Abteilung verlegt. Das ist ein kleines, modernes Gebäude mit drei Etagen, hinter dem Krankenhaus inmitten von Bäumen gelegen. Die Alten, größtenteils Frauen, sind dort so verteilt: Im ersten Stock leben diejenigen, die vorübergehend aufgenommen werden, im zweiten und dritten diejenigen, die das Recht haben, bis zum Tod zu bleiben. Die dritte Etage ist den Gebrechlichen und Geistesschwachen vorbehalten. Die Räume, Doppel- oder Einzelzimmer, sind hell, sauber, mit geblümten Tapeten, Stichen, Wanduhr, Sesseln aus Skai und Sanitärzelle mit WC ausgestattet. Manchmal muß man sehr lange warten, bis man einen Dauerplatz erhält, zum Beispiel, wenn es im Winter nur wenige Todesfälle gegeben hat. Meine Mutter wurde in der ersten Etage untergebracht.

Sie war sehr redselig, berichtete von Szenen, die sie am Vorabend erlebt zu haben glaubte, eine Geiselnahme, das Ertränken eines Kindes. Sie sagte mir, sie sei gerade im Moment vom Einkaufen zurückgekommen, die Läden seien von Leuten überfüllt. Erneut befielen sie Angst- und Haßgefühle, sie empörte sich darüber, daß sie wie ein Neger für Arbeitgeber schuften müsse, die sie nicht bezahlten, darüber, daß die Männer hinter ihr her seien. Sie empfing mich voller Wut: »Ich habe in diesen Tagen ohne einen Sou dagestanden, konnte mir nicht einmal ein Stück Käse kaufen.« Sie hortete in ihren Taschen Reste vom Frühstücksbrot.

Auch in diesem Zustand fand sie sich mit nichts ab. Ihre Frömmigkeit war erloschen, sie verspürte keine Lust, die Messe zu besuchen, ihren Rosenkranz zu bekommen. Sie wollte gesund werden (»Man wird schon herausfinden, was ich habe«), sie wollte das Heim verlassen (»Bei dir wäre ich besser aufgehoben«). Sie wanderte bis zur Erschöpfung von einem Flur zum anderen. Sie verlangte nach Wein.

Eines Abends im April schlief sie bereits um halb sieben, im Unterrock auf den Laken ausgestreckt, ihre gespreizten Beine gaben den Blick auf ihr Geschlecht frei. Es war sehr heiß im Zimmer. Ich begann zu weinen, weil es meine Mutter war, dieselbe Frau wie die in meiner Kindheit. Ihre Brust war von kleinen blauen Venen übersät.

Ihr für acht Wochen genehmigter Aufenthalt in der Abteilung ging zu Ende. Sie wurde in einem privaten Altersheim aufgenommen, vorübergehend, da man dort keine »verwirrten« Personen aufnahm. Ende Mai kehrte sie in die geriatrische Abteilung des Krankenhauses von Pontoise zurück. Im dritten Stock war ein Zimmer frei geworden.

Zum letzten Mal ist es, trotz ihrer Gestörtheit, immer noch sie, die aus dem Auto steigt und die Eingangstür öffnet, aufrecht, mit ihrer Brille, ihrem grau gemusterten Kostüm, festlichen Schuhen, Strümpfen. In ihrem Koffer sind Blusen, ihre Wäsche, ihre Erinnerungsstücke, Fotos.

Sie hat diese Welt ohne Jahreszeiten endgültig betreten, das ganze Jahr über die gleiche milde, wohlriechende Wärme, auch die Zeit existiert nicht, nur die gut geregelte Wiederholung der Tätigkeiten essen, schlafen gehen und so weiter. Dazwischen wandelt man über die Flure, wartet, am Tisch sitzend, eine Stunde lang auf die Mahlzeit, während man die Serviette unentwegt auseinander- und wieder zu

sammenfaltet, sieht amerikanische Serien und spritzige Werbespots auf dem Bildschirm vorüberflimmern. Festtage, gewiß: Jeden Donnerstag teilen wohltätige Damen Kuchen aus, ein Glas Champagner am Neujahrstag, Maiglöckchen am ersten Mai. Noch empfinden die Frauen Liebe, halten sich die Hand, streichen sich gegenseitig übers Haar, schlagen sich. Und ständig dieses wohlmeinende Getue der Pflegerinnen: »Kommen Sie, Frau D…, nehmen Sie ein Bonbon, dann vergeht die Zeit schneller.«
Innerhalb weniger Wochen war ihr Wille, auf sich zu achten, erlahmt. Sie war in sich zusammengesackt, ging halb gebeugt, mit gesenktem Kopf. Sie verlor ihre Brille, ihr Blick war verschwommen, ihr Gesicht nackt und von den Beruhigungsmitteln leicht geschwollen. Von da an wirkte sie mit ihrem Äußeren irgendwie unzivilisiert. Nach und nach verlegte sie alle ihre persönlichen Sachen, eine Strickjacke, die ihr sehr gefallen hatte, ihre Zweitbrille, ihre Toilettentasche.
Es war ihr gleichgültig. Sie unternahm nicht den Versuch, etwas wiederzufinden, einerlei, was es war. Sie erinnerte sich nicht mehr an das, was ihr gehört hatte, sie besaß nichts Eigenes mehr. Eines Tages schaute sie den kleinen Schornsteinfeger

an, den sie seit Annecy überallhin mitgenommen hatte: »Genau so einen hatte ich früher auch mal.« Da es praktischer war, kleidete man sie, wie die meisten anderen Frauen, in einen Kittel, der im Rücken von oben bis unten offen war, mit einer geblümten Bluse darunter. Scham kannte sie nicht mehr, weder beim Tragen einer Einlage für den Urin noch beim gierigen Essen mit den Fingern.

Ihre Mitmenschen wurden ihr allmählich gleichgültig. Worte, die zu ihr drangen, hatten ihren Sinn eingebüßt, sie antwortete trotzdem, auf gut Glück. Sie hatte immer Lust, sich zu unterhalten. Ihr Sprachvermögen blieb intakt, zusammenhängende Sätze, korrekt artikulierte Wörter, die ganz einfach keinen Bezug zu den Dingen hatten, einzig und allein der Phantasie entsprangen. Sie erfand das Leben, das sie nicht mehr führte: Sie fuhr nach Paris, hatte sich einen Goldfisch gekauft, man hatte sie an das Grab ihres Mannes geführt. Aber manchmal *wußte* sie: »Ich fürchte, mein Zustand ist hoffnungslos.« Oder sie *erinnerte* sich: »Ich habe alles getan, um meine Tochter glücklich zu machen, aber dadurch ist sie nicht glücklicher geworden.«

Sie überstand den Sommer (wie den anderen setzte man ihr zum Hinuntergehen in den Park, zum Sitzen auf den Bänken einen Strohhut auf), den Winter. Am Neujahrstag zog man ihr wieder eine Bluse und einen Rock an, die ihr gehörten, gab ihr Champagner zu trinken. Sie bewegte sich langsamer, stützte sich mit einer Hand auf die Stange, die an den Wänden der Flure entlangführt. Manchmal fiel sie hin. Sie verlor das Unterteil ihres Gebisses, später das Oberteil. Ihre Lippen wurden schmaler. In den Augenblicken des Wiedersehens befiel mich jedesmal die Furcht, sie noch weniger »menschlich« vorzufinden. War ich fern von ihr, stellte ich sie mir mit ihrem Ausdruck und ihrem Verhalten aus früherer Zeit vor, niemals so, wie sie inzwischen geworden war.

Im folgenden Sommer zog sie sich einen Riß am Oberschenkelhals zu. Sie wurde nicht operiert. Es war nicht mehr der Mühe wert, ihr eine Hüftprothese einzusetzen, ebensowenig wie das übrige – ihr wieder eine Brille, ein neues Gebiß zu machen. Sie stand nicht mehr aus ihrem Rollstuhl auf, an den man sie mit einem Streifen Bettuch festgebunden hatte, der um ihre Taille geschlungen war. Man schob sie zu den anderen Frauen in den Speisesaal, mit Blick auf den Fernseher.

Die Leute, die sie gekannt hatten, schrieben mir: »Das hat sie nicht verdient«, sie meinten, daß es besser sei, sie werde schnell »erlöst«. Eines Tages wird vielleicht die ganze Gesellschaft der gleichen Auffassung sein. Sie besuchten sie nicht, für sie war sie bereits gestorben. Aber sie verspürte Lust zu leben. Unaufhörlich versuchte sie sich aufzurichten, indem sie sich auf ihr gesundes Bein stemmte, und den Stoffstreifen abzureißen, der sie festhielt. Sie streckte ihre Hand nach allem aus, was in ihrer Reichweite war. Sie hatte ständig Hunger, ihre Energie war auf ihren Mund konzentriert. Sie liebte es, wenn man sie küßte, und schob ihre Lippen vor, um es zu erwidern. Sie war ein kleines Mädchen, das nicht erwachsen werden würde.

Ich brachte ihr Schokolade und Gebäck mit, das ich ihr in kleinen Stücken verabreichte. Anfangs kaufte ich nie den richtigen Kuchen, er war zu cremig oder zu fest, sie schaffte es nicht, ihn zu essen. (Es tat mir unbeschreiblich weh, wenn ich sah, wie sie mit den Fingern, der Zunge kämpfte, um damit fertig zu werden.) Ich wusch ihr die Hände, rasierte ihr Gesicht, parfümierte sie. Eines Tages begann ich damit, ihr die Haare zu bürsten, und hielt dann inne. Sie sagte: »Ich hab's gern, wenn du mich frisierst!« Von da an bürstete ich sie jedesmal. Ich blieb ihr gegenüber sitzen, in ihrem Zimmer. Oft griff sie nach dem Stoff meines Rockes und befühlte ihn, als prüfe sie seine Qualität. Mit Kraft und zusammengepreßtem Kiefer zerriß sie das Kuchenpapier. Sie sprach von Geld, von Kunden, lachte und warf den Kopf zurück. Das waren Gesten, die immer zu ihr gehört hatten, Worte, die aus ihrem gesamten bisherigen Leben stammten. Ich wollte nicht, daß sie stirbt.

Ich hatte das Bedürfnis, sie zu füttern, sie zu berühren, sie zu hören.

Mehrmals spürte ich ein heftiges Verlangen, sie mitzunehmen, mich nur noch um sie zu kümmern, wußte jedoch sofort, daß ich dazu nicht in der Lage war. (Schuldgefühle, weil ich sie dort untergebracht hatte, obwohl »mir nichts anderes übrigblieb«, wie die Leute es ausdrückten.)

Sie überstand einen weiteren Winter. Am Sonntag nach Ostern besuchte ich sie mit Forsythienzweigen. Der Tag war grau und kalt. Sie befand sich mit den anderen Frauen im Speisesaal. Der Fernseher lief. Sie lächelte mir zu, als ich näher kam. Ich schob ihren Rollstuhl in ihr Zimmer. Ich stellte die Forsythien in eine Vase. Ich setzte mich neben sie und gab ihr Schokolade zu essen. Man hatte ihr braune Wollsocken angezogen, die bis unter die Knie reichten, und einen kurzen Kittel, der ihre abgemagerten Schenkel nicht bedeckte. Ich säuberte ihre Hände, ihren Mund, ihre Haut war lauwarm. Plötzlich versuchte sie, die Forsythienzweige zu greifen. Später brachte ich sie in den Speisesaal zurück, dort lief die Sendung von Jacques Martin »Die Schule der Fans«. Ich habe sie geküßt und den Aufzug genommen. Am nächsten Morgen starb sie.

In der darauffolgenden Woche sah ich diesen Sonntag wieder vor mir, an dem sie noch lebendig war, die braunen Socken, die Forsythien, ihre Gesten, ihr Lächeln, als ich mich von ihr verabschiedete, dann den Montag, an dem sie tot in ihrem Bett lag. Es gelang mir nicht, diese beiden Tage zu verbinden.

Jetzt ist alles zusammengefügt. Es ist Ende Februar, es regnet häufig, und das Wetter ist sehr mild. Heute abend bin ich nach meinen Einkäufen noch einmal zum Altersheim gefahren. Vom Parkplatz aus erschien mir das

Haus lichter, fast einladend. Das Fenster des ehemaligen Zimmers meiner Mutter war beleuchtet. Zum ersten Mal stellte ich mit Verwunderung fest: »Jemand anders hat ihren Platz eingenommen.« Ich dachte auch, daß ich eines Tages, um das Jahr 2000, eine dieser Frauen sein werde, die hier oder woanders auf das Abendessen warten, während sie ihre Serviette auseinander- und wieder zusammenfalten.

In den zehn Monaten, in denen ich schrieb, träumte ich fast jede Nacht von ihr. Einmal lag ich mitten in einem Fluß, zwischen zwei Wasserarmen. Aus meinem Bauch und meinem Geschlecht, das wieder nackt wie das eines kleinen Mädchens war, traten in Fäden Pflanzen aus, die weich dahintrieben. Es war nicht nur mein Geschlecht, sondern auch das meiner Mutter.

Es gibt Augenblicke, in denen es mir so vorkommt, als lebte ich in der Zeit vor ihrem Aufbruch zum Krankenhaus, als sie noch bei mir zu Hause wohnte. Obwohl mir ihr Tod deutlich bewußt ist, mache ich mich einen flüchtigen Moment lang darauf gefaßt zu sehen, wie sie die Treppe herunterkommt und sich mit ihrem Nähkasten ins Wohnzimmer setzt. Diese

Empfindung, bei der ich die eingebildete Anwesenheit meiner Mutter stärker spüre als ihre tatsächliche Abwesenheit, ist wahrscheinlich die erste Stufe des Vergessens.

Ich habe die ersten Seiten dieses Buches noch einmal gelesen. Verblüfft stellte ich fest, daß ich mich an einige Einzelheiten schon nicht mehr erinnerte, an den Angestellten der Leichenhalle, der ein Telefongespräch führte, während wir warteten, an die Schmierschrift auf der Wand des Supermarktes.

Vor einigen Wochen erzählte mir eine meiner Tanten, daß mein Vater und meine Mutter sich am Anfang ihrer Beziehung auf den Toiletten der Fabrik getroffen hätten. Jetzt, da meine Mutter tot ist, möchte ich nichts mehr über sie erfahren, was ich nicht schon zu ihren Lebzeiten gewußt habe. Ihr Bild wird allmählich wieder zu jenem, von dem ich glaube, daß ich sie als Kleinkind so sah, zu einem großen weißen Schatten, der über mir liegt.

Sie verteilte gerne Geschenke an alle, lieber, als selbst welche entgegenzunehmen. Ist Schreiben nicht auch eine Form des Schenkens?

Dies ist keine Biographie und natürlich auch kein Roman, vielleicht ein Mittelding zwischen literarischer, soziologischer und geschichtlicher Darstellung. Meine Mutter, die in eine dominierte Schicht hineingeboren wurde, die sie verlassen wollte, mußte erst Geschichte werden, damit ich mich in der dominierenden Welt der Wörter und Ideen, in die ich auf ihren Wunsch hinübergewechselt bin, weniger einsam und eingeengt fühle.

Ich werde ihre Stimme nicht mehr hören. Sie war diejenige, die mit ihren Worten, ihren Händen, ihren Gesten, ihrer Art, zu lachen und zu gehen, die Frau, die ich heute bin, mit dem Kind vereinte, das ich gewesen bin. Ich habe die letzte Verbindung mit der Welt, aus der ich hervorgegangen bin, verloren.

Sonntag, den 20. April '86 – 26. Februar '87

Annie Ernaux

Das bessere Leben
Erzählung
Aus dem Französischen von Barbara Scriba-Sethe
Band 9249
»Vielleicht sein größter Stolz oder sogar die Rechtfertigung
seiner Existenz: daß ich der Welt angehöre, die ihn mißachtet
hatte«, sagt Annie Ernaux am Schluß ihrer Erzählung über
das Leben ihres Vaters, der sich mit der Zähigkeit des Auf-
steigers vom 12jährigen Bauernknecht zum »besseren Leben«
eines Fabrikarbeiters und schließlich zum Besitzer eines kleinen Ladens mit Café hochgearbeitet hatte.

Das Leben einer Frau
Roman. Aus dem Französischen von Regina Maria Hartig
Band 11644
Annie Ernaux' Mutter war eine einfache, aber tüchtige, der
Welt gegenüber aufgeschlossene Frau. Ihre Sorge galt dem
Mann, der Sicherung der Existenz, der Erziehung der Toch-
ter. Im Alter drohte ihr dieses aktive Leben zu entgleiten.

Eine vollkommene Leidenschaft
Roman. Aus dem Französischen von Regina Maria Hartig
Band 11523
»Ich habe eine große Leidenschaft für einen Mann empfun-
den, der vorübergehend in Paris gelebt hat. Das war vor zwei
Jahren. Als er wieder in seine Heimat zurück mußte, habe ich
angefangen, über die Zeit mit ihm zu schreiben. Ich habe ver-
sucht, nur die eine Frage zu beantworten: Was bedeutet das,
einen Mann zu lieben?...«
Annie Ernaux

Fischer Taschenbuch Verlag

»Wie glücklich sind doch die Franzosen!
Sie träumen gar nicht.«
Heinrich Heine

Frankreich erzählt

Herausgegeben von Stefana Sabin

23 Erzählungen von 23 Autoren, die Zeugnis geben von jener unverwechselbar französischen Art, Wirklichkeit in Literatur zu verwandeln. Stilistisch wie thematisch ist diese Auswahl repräsentativ für die französische Literatur der letzten fünfzig Jahre: Realisten wie *Pierre Gascar, Jean Giono, Roger Grenier, Raymond Jean* und *Françoise Sagan,* Surrealisten wie *Louis Aragon* oder *Benjamin Péret,* Phantasten wie *Boris Vian* oder *Marcel Aymé,* Vertreter des Nouveau Roman wie *Alain Robbe-Grillet* oder *Marguerite Duras,* Existentialisten wie *Albert Camus* oder *Antoine de Saint-Exupéry,* Psychologisten wie *Alain Nadaud, Henri Thomas* und *Henri Troyat* erzählen vom Leben in Paris und in der Provinz, von Kleinbürgern und Lebenskünstlern, von Familienvätern und Liebhabern. Jeder Autor hat einen unver-

Band 9286

wechselbaren Stil, den die ausgewählte Geschichte typisch vertritt – 23 verschiedene Facetten der französischen Wirklichkeit, die zu Literatur wurde.

Fischer Taschenbuch Verlag

fi 775/2

»Es genügt in der Liebe, durch liebenswürdige Eigenschaften,
durch Reize zu gefallen. Aber in der Ehe muß man
einander lieben, um glücklich zu sein, oder wenigstens
zueinander passende Fehler haben.«
Nicolas de Chamfort

Flitterwochen
und andere Ehegeschichten
Ausgewählt und mit einer Nachbemerkung
von Ursula Köhler

Innerhalb der 19 hier vorgelegten Erzählungen über ein Thema, das wie kaum ein anderes mit Gefühlen, Hoffnungen und Konfliktstoff besetzt ist, markieren die Texte von Mark Helprin und Henri Michaux äußerste Gegenpositionen: Helprin gibt mit seiner Short Story *Wegen der Hochwasserfluten* das seltene Beispiel einer geradezu beseligenden und Berge versetzenden jungen Eheliebe, während Michaux mit seinem *Fingerzeig für junge Ehen* die gelegentliche Ermordung des Ehepartners in der Phantasie quasi als einzige Möglichkeit dauerhaften ehelichen Friedens empfiehlt.
Alles in allem: von jedem etwas, Liebe und Leidenschaft, erotische Verwirrungen, schwierige Anfänge und Enden, sanfter Schrecken und subtile Gemeinheiten, aber auch die Wonne der Gewohnheiten, das Glück der Dauer und – die Erkenntnis, daß man Ehen offenbar nur von innen beurteilen kann.

Band 9569

Es erzählen: *Katharine Mansfield, Virginia Woolf, Arthur Schnitzler, Otto Flake, Frank O'Connor, D.H.Lawrence, Katharine Anne Porter, James Stephens, Sylvia Plath, Mark Helprin, André Maurois, Dacia Maraini, Henri Michaux, Friedrich Georg Jünger, Hans Jürgen Fröhlich, Ruth Rehmann, V.S.Pritchett und John Updike.*

Fischer Taschenbuch Verlag

Martha Gellhorn
Liana

Roman. Aus dem Englischen von Regina Winter
Band 11183

Eine tropische Insel in den Antillen. Vergangen ist die »Pracht« kolonialer Herrlichkeiten. Aber das neue Zeitalter des Massentourismus ist noch nicht angebrochen. Der Geschäftsmann Marc Royer ist bestimmt der mächtigste Mann auf Saint Boniface, aber auch einer der unsympathischsten. Da er keine »standesgemäße« Frau findet, ehelicht er seine Hausangestellte und Geliebte, die blutjunge Mulattin Liana. Liana hat nur für ihn da zu sein. Er dressiert sie beinahe wie ein Tier. Um ihr etwas »Kultur« beizubringen, engagiert er Pierre Vauclain, den einzigen Lehrer der Insel. Pierre ist ein sensibler, zurückgezogen lebender Intellektueller. Lange bevor es Wirklichkeit wird, vergiftet das Gerücht die Atmosphäre zwischen den dreien, aber dann passiert es doch: Liana verliebt sich in Pierre; Pierre, der nie im Ernst daran dachte, für immer auf der Insel zu bleiben. In dieser bittersüßen Liebesgeschichte gelingt es Martha Gellhorn ganz ohne Beschönigung, eine Welt heraufzubeschwören, die mittlerweile untergegangen ist. Diese Karibik spätkolonialer Trägheit ist im Zeitalter von Hotelanlagen mit Swimmingpools, Landepisten für Düsenjets, Boutiquen und Restaurants und Mercedes-Taxi fahrenden Einheimischen in jeder Hinsicht untergepflügt worden.

Fischer Taschenbuch Verlag

fi 1607 / 1

Valmai Howe
Sarahs Herz

Roman. Aus dem Amerikanischen von
Anne Steeb und Bernd Müller
Band 10870

Sarah Ashton ist ein ungewöhnliches Mädchen aus einer ungewöhnlichen Familie. Ihr Vater ist ein überzeugter Kommunist und Streikorganisator im Australien der sechziger Jahre, der seine stille und duldsame Frau ausbeutet, seine Schwiegermutter, eine vornehme und herzensgute Aristokratin, verachtet und seine hochintelligente Tochter zu manipulieren versucht. Seit man bei Sarah einen hohen Intelligenzquotienten festgestellt hat, ist sie Objekt und Opfer des väterlichen Ehrgeizes. So drängt er sie, gleich nach dem Ende der High-School eine »solide« Ausbildung als Krankengymnastin anzufangen. Aber Sarah beginnt, eigene Wege zu beschreiten, und nimmt zunächst mit ihrer Freundin Emma einen Sommerjob in einem exklusiven Sanatorium an. Dort lernt sie Leon, einen merkwürdigen Arzt mit mysteriöser Vergangenheit, kennen. Zwischen beiden entwickelt sich eine stürmische Liebesaffäre, die im Lauf der Jahre, die nun folgen, immer schwieriger wird. Sarah wird stets aufs neue bedrängt von Leidenschaften, echten und falschen Rücksichten und Erwartungshaltungen, die an sie herangetragen werden, bis sie versteht, welche Art von Freiheit zum Erwachsenwerden führt.

Fischer Taschenbuch Verlag

fi 1606 / 1

Unterhaltsame Literatur
Eine Auswahl

  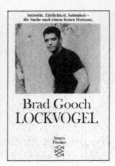

Maurice Druon
Ein König
verliert sein Land
Roman
Band 8166

Jerry Ellis
Der Pfad
der Cherokee
Eine Wanderung
in Amerika
Band 11433

Sabine Endruschat
Wie ein Schrei
in der Stille
Roman. Band 11432

Annie Ernaux
Eine vollkommene
Leidenschaft
Roman. Band 11523

Audrey
Erskine-Lindop
An die Laterne!
Roman
Band 10491

Der Teufel
spielt mit
Thriller
Band 8378

Sophia Farago
Die Braut
des Herzogs
Roman
Band 11492

Catherine Gaskin
Denn das Leben
ist Liebe
Roman. Band 2513

Das grünäugige
Mädchen
Roman. Band 1957

Wie Sand am Meer
Roman. Band 2435

Martha Gellhorn
Liana
Roman
Band 11183

Brad Gooch
Lockvogel
Storys
Band 11184

Mailand –
Manhatten
Roman
Band 8359

Constance Heaven
Kaiser, König,
Edelmann
Roman
Band 8297

Königin mit
Liebhaber
Roman
Band 8296

Fischer Taschenbuch Verlag

fi 1220/8c

Unterhaltsame Literatur
Eine Auswahl

Sue Henry
Wettlauf durch die weiße Hölle
Roman
Band 11338

Richard Hey
Ein unvollkommener Liebhaber
Roman
Band 10878

James Hilton
Der verlorene Horizont
Ein utopisches Abenteuer irgendwo in Tibet
Roman
Band 10916

Victoria Holt
Königsthron und Guillotine
Das Schicksal der Marie Antoinette
Roman
Band 8221

Treibsand
Roman
Band 1671

Barry Hughart
Die Brücke der Vögel
Roman
Band 8347

Die Insel der Mandarine
Roman
Band 11280

Meister Li und der Stein des Himmels
Roman
Band 8380

Rachel Ingalls
Mrs. Calibans Geheimnis
Roman
Band 10877

Gary Jennings
Der Azteke
Roman. Band 8089

Marco Polo
Der Besessene
Bd. I: **Von Venedig zum Dach der Welt**
Band 8201

Bd. II: **Im Lande des Kubilai Khan**
Band 8202

Der Prinzipal
Roman
Band 10391

James Jones
Verdammt in alle Ewigkeit
Roman. Band 11808

Fischer Taschenbuch Verlag

fi 1220/9 d

Unterhaltsame Literatur
Eine Auswahl

Erica Jong
Fanny
Roman. Band 8045

Der letzte Blues
Roman. Band 10905

M. M. Kaye
Insel im Sturm
Roman. Band 8032
Die gewöhnliche Prinzessin
Roman. Band 8351
Schatten über dem Mond
Roman. Band 8149

Sergio Lambiase
O sole mio
Memoiren eines Fremdenführers
Band 11384

Marie-Gisèle Landes-Fuss
Ein häßlicher roter Backsteinbau in Venice, Kalifornien
Roman. Band 10195

Werner Lansburgh
»Dear Doosie«
Eine Liebesgeschichte in Briefen. Band 2428
Wiedersehen mit Doosie
Meet your lover to brush up your English
Band 8033

Doris Lerche
Keiner versteht mich!
Psycho-horror-picture-show III. Band 8240

Die wahren Märchen der Brüder Grimm
Heinz Rölleke (Hg.)
Band 2885

Märchen und Geschichten aus der Welt der Mütter
Sigrid Früh (Hg.)
Band 2882

Märchen und Geschichten zur Weihnachtszeit
Erich Ackermann (Hg.)
Band 2874

Antonine Maillet
Bären leben gefährlich
Roman. Band 11185

Pat Mallet
Gelegenheit macht Liebe
Das scharfe Buch der kleinen grünen Männchen
Cartoons. Band 8337

Der große Pat Mallet
Band 8017

Fischer Taschenbuch Verlag

fi 1220/4 e